錯綜

警視庁武装捜査班

『警視庁特務武装班 錯綜』改題

南 英男

祥伝社文庫

目次

警視庁武装捜査班シリーズの主な登場人物

浅倉悠輔《あさくらゆうすけ》……38歳、警部。主任。元捜査一課殺人犯捜査第五係係長。自由が丘《じゆうおか》在住。
立花弘樹《たちばなひろき》……44歳、警視。班長。元捜査一課理事官。都内公務員住宅在住。
宮内和宏《みやうちかずひろ》……35歳、警部。元SP。三宿《みしゆく》在住。
乾《いぬい》　大地《だいち》……34歳、警部補。元組織犯罪対策部第五課。代々木上原《よよぎうえはら》在住。
蓮見玲奈《はすみれな》……27歳、巡査長。元鑑識課員。恵比寿《えびす》の実家在住。
若月《わかつき》　彰《あきら》……55歳、副総監。超法規捜査チーム武装捜査班の直属上司。
橋爪《はしづめ》　剛《つよし》……51歳、刑事部長。

第一章 撲殺《ぼくさつ》の背景

1

行く手を阻《はば》まれた。

暗がりから躍《おど》り出た男が、無言で立ち塞《ふさ》がったのだ。六本木《ろっぽんぎ》の裏通りである。芋洗坂《いもあらいざか》の近くだった。

浅倉悠輔《あさくらゆうすけ》は身構えた。

一月上旬のある夜だ。まだ八時前だった。夜気《やき》は凍《い》てついている。吐く息が白い。

立ちはだかっている男は、二十四、五歳だろうか。面識はなかった。中肉中背だ。

アイボリーのダウンパーカを羽織《はお》っている。下は黒っぽい厚手のチノクロスパンツだ。

「何か用か？」

浅倉は、正体不明の相手に問いかけた。

「おれは力丸進《りきまるすすむ》の息子だよ。亮《りょう》というんだ」

「服役中に独居房で首を括《くく》った力丸の倅《せがれ》か」

「そうだ。おれの親父《おやじ》は無実なのに、実刑判決を下《くだ》された」

「それは違うな。力丸進はうまい投資話を餌《えさ》にして一億九千万円も詐取《さしゅ》した上、資産家の老夫婦に青酸カリ入りの赤ワインを飲ませた。毒殺の物証もあったから、逮捕したんだよ。誤認逮捕ではないし、冤罪《えんざい》でもない」

「親父は泣きながら、絶対に人殺しなんかしてないと幾度も言ったんだ。きっと誰かに濡《ぬれ》衣《ぎぬ》を着せられたにちがいない」

「そうじゃないって」

「おれの父親は、警察に殺されたようなもんだっ」

力丸亮が息巻いた。

三十八歳の浅倉は、七カ月前に力丸進を殺人容疑で捕まえた。立件材料は揃《そろ》っていた。断じて誤認逮捕ではない。浅倉は警視庁の捜査員である。ただ、並の刑事ではなかった。

本庁に一年四カ月前に密《ひそ》かに設置された武装捜査班の主任だ。現場捜査のリーダーである。職階は警部で、まだ独身だった。

警視庁武装捜査班は、副総監直属の超法規捜査チームだ。警視総監及び警察庁長官公認だが、あくまでも非合法捜査機関である。表向きは、捜査一課特命捜査対策室別室ということになっていた。

　班長を含めてチームメンバーは、わずか五人だ。秘密の刑事部屋は本部庁舎地下三階の奥まった場所にある。ほとんど目につかない。

　予備室というプレートが掲《かか》げられているが、チーム名は記《しる》されていなかった。ドアは電子ロックになっていて、関係者以外は立ち入れない。

　品川区勝島《かつしま》には、武装捜査班専用の射撃訓練場がある。元倉庫ビルの地階に設《もう》けられ、防音壁で囲まれている。したがって、銃声が外に洩《も》れることはなかった。

　シューティング・ブースは三つある。人の形をした標的は電動で移動可能だ。

　ガンロッカーには、コルト・ガバメント、グロック26／32、ベレッタＦ5、Ｈ《ヘッケラー》＆Ｋ《コッホ》モデルＰ7Ｍ8、スフィンクスＡＴ380、Ｓ《スミス》＆Ｗ《ウエッソン》 Ｍ360Ｊ、コルト・アナコンダなどの拳銃が収《おさ》めてある。型《タイプ》は二十種近い。五十メートル離れた的《まと》も狙《ねら》えるＵＳソーコム・ピストルもあった。

　別のスチールロッカーには、レミントンＭ700、コルトＭ16Ａ1《ワン》、ＵＺＩ《ウージー》短機関銃が入っている。電子麻酔拳銃や二連発のデリンジャーも用意されていた。テイザーガンもあった。テイザーガンは、電極発射型の高圧電流銃《スタンガン》だ。銃弾の中に電線付きの電極針が内蔵されている。引き金を絞ると、最大百三十万ボルトの電流が標的に送り込まれる。

　メンバーの五人は、各自が秘密射撃訓練場のＩＣカードとガンロッカーの鍵《かぎ》を持っている。出入りは自由だった。

武装捜査班のメンバーは、特捜指令が下《くだ》されたときだけ登庁する。ふだんは、非番と同じだ。むろん、当直の義務はなかった。

武装捜査班のボスは立花弘樹《たちばなひろき》警視である。四十四歳の準キャリアだ。

立花はチームが結成されるまで、捜査一課の理事官を務《つと》めていた。ちなみに、理事官は二人いる。どちらも一課長の参謀として働き、十三人の管理官を束《たば》ねていた。

準キャリアは、国家公務員総合職試験（旧・I種）合格者の警察官僚《キャリア》に次ぐエリートである。

だが、立花には少しも出世欲がない。先輩の有資格者《キャリア》たちには変人と見られているようだ。

立花班長は知的な容貌《ようぼう》で、いかにも切れ者という印象を与える。

しかし、取っつきにくくはない。穏《おだ》やかな性格で、思い遣《や》りがある。部下たちが何かでしくじっても、頭ごなしに叱《しか》りつけたことは一度もない。

立花は都内の公務員住宅で妻子と暮らしている。ひとり娘は中学二年生だ。班長の出身地は石川《いしかわ》県金沢《かなざわ》市と聞いている。

立花は管理官のひとりだった五年数カ月前、連続殺人事件の犯人が仕掛けた罠《わな》に嵌《は》まってしまった。

殺人犯は出頭すると偽《いつわ》って立花を人気《ひとけ》のない場所に誘《おび》き出し、いきなり発砲した。班長は、別の事件で加害者に逆恨《さかうら》みされていた。撃たれたのは、そのせいだった。

立花は被弾したことで、いまでも左脚《ひだりあし》をわずかに引きずって歩く。神経が何カ所か切断されてしまったらしい。

チームのナンバーツーは主任の浅倉だ。武装捜査班入りする前は、捜査一課殺人犯捜査第五係の係長だった。

浅倉は、いわゆる一般警察官《ノンキャリア》である。新宿《しんじゆく》署、池袋《いけぶくろ》署で強行犯《きようこうはん》係を務め、二十九歳のときに本庁捜査一課に異動になった。殺人犯捜査第三、六係と渡り歩き、四年四カ月前に第五係の係長に昇格した。

浅倉は本庁勤めになってから、二十件ほど凶悪事件を解決させた。その約九割が殺人事案《じあん》だった。残りは強盗事件だ。そうした活躍ぶりが認められ、武装捜査班の主任に抜擢《ばつてき》されたのである。

浅倉は大田《おおた》区馬込《まごめ》で生まれ育った。都内の有名私大を卒業すると、警視庁採用の一般警察官になった。中学生のころは新聞記者に憧《あこが》れていた。

警察官を志望した理由は、三つ違いの姉の死と無縁ではない。姉が通り魔殺人事件の被害者になったのは高校二年生の秋だった。

五人の通行人を無差別に庖丁《ほうちよう》で刺殺した中年男は事件現場で市民らに取り押さえられ

たが、刑務所には送られなかった。心神喪失《しんしんそうしつ》と精神鑑定され、強制入院させられただけだった。刑罰は免《まぬが》れたわけだ。

精神を病《や》んでいたとはいえ、五人も殺害した罪は重い。

にもかかわらず、加害者は服役せずに済んだ。あまりにも理不尽ではないか。わずか二十年で生涯を終えた姉が不憫《ふびん》でならなかった。

浅倉は報復殺人の衝動に駆られた。本気だった。実際、浅倉は加害者の入院先を調べた。侵入方法も考えた。

しかし、浅倉は思い留《とど》まった。私怨《しえん》で殺人に走ったら、血縁者が生きづらくなるにちがいない。犯罪を少しでも減らす。それが亡くなった姉の供養《くよう》になるのではないか。

浅倉はそう考え直し、いまの職業に就《つ》いた。幼いころから正義感は強かった。曲がったことは許せない性質《たち》だった。

といっても、正義漢ぶった優等生ではない。それどころか、くだけた人間だ。

アナーキーな一面もあった。浅倉は狡猾《こうかつ》な犯罪者には非情に接し、違法捜査も厭《いと》わない。懲戒《ちょうかい》処分になってもかまわないと肚《はら》を括《くく》っている。世間の尺度でいえば、無頼刑事だろう。

浅倉は酒と女に目がない。

アルコールは荒ぶる魂を鎮《しず》め、明日への活力源になる。柔肌《やわはだ》は、男のささくれだった神経を和《なご》ませてくれる。乾いた心が潤《うるお》う。どちらも人生には必要なのではないだろうか。

浅倉は魅力的な女性を見れば、つい言い寄りたくなる。身を固める気になれないのは、手折《たお》りたくなるような美しい花があちこちに咲いているせいだ。

浅倉は二人きりの姉弟《きょうだい》だった。実家で両親と暮らすべきなのだろうが、それでは伸びやかに色恋にうつつを抜かせない。誰にも気兼ねなく朝帰りをしたかった。

そんな理由から、浅倉は長いこと都内の賃貸マンションを塒《ねぐら》にしてきた。いま現在は、目黒《めぐろ》区自由《じゆう》が丘《おか》の1LDKのマンションに住んでいる。

「警察や検察はおかしいよ。裁判所の奴らも、ぼんくらだな。罪を犯してない親父を刑務所にぶち込んだわけだから」

「身内を庇《かば》いたい気持ちはわからなくはないが、もっと冷静になれよ」

「偉そうなことを言うなっ」

力丸が気色《けしき》ばんだ。

「どうしろって言うんだ?」

「親父の墓の前で土下座して詫《わ》びろ!」

「捜査に落ち度はなかったんだ。どいてくれ。先を急いでるんでな」

浅倉は右手を大きく払った。いつの間にか、野次馬が群れていた。二十四、五人はいそうだ。

「一一〇番しましょうか」

サラリーマンと思われる三十歳前後の男が大声で言って、スマートフォンを高く翳《かざ》した。浅倉は黙って首を振った。

そのとき、力丸がダウンパーカのポケットから何かを掴《つか》み出した。

浅倉は目を凝《こ》らした。力丸は両刃のダガーナイフを握っている。刃渡りは十四、五センチか。

「やめとけ！」

浅倉は忠告した。

しかし、無駄だった。力丸が目を攣《つ》り上げ、刃物を斜め上段に構えた。隙《すき》だらけだ。

浅倉は少しも怯《ひる》まなかった。手早く焦茶《こげちゃ》のレザーコートを脱ぎ、右手に持つ。

ほとんど同時に、ダガーナイフが振り下ろされた。

白っぽい閃光《せんこう》が揺曳《ようえい》する。刃風《はかぜ》は強かった。だが、切っ先は浅倉の体から四十センチも離れていた。暴漢は沈着さを失っているのだろう。

「ほ、本当にぶっ刺すぞ」

力丸が喚《わめ》いて、刃物を手許《てもと》に引き戻した。

次の瞬間、ダガーナイフがほぼ水平に薙《な》がれた。空気が縺《もつ》れる。刃先が浅倉の胸板を掠《かす》めそうになった。

「銃刀法違反だけじゃ済まなくなるぞ」

「うるせえ！　てめえを殺してやる！」

「わからない奴だ」

浅倉は呟《つぶや》くなり、前に跳《と》んだ。すぐにバックステップを踏む。フェイントだった。

予想通り、力丸が刃物を腰撓《こしだ》めに構えた。そのまま勢いよく突進してくる。

浅倉は半歩退《さ》がって、レザーコートを泳がせた。翻《ひるがえ》ったコートが力丸の上体を叩《たた》く形になった。狙い通りだ。力丸がよろける。

浅倉は踏み込んで、力丸の右脚《みぎあし》の向こう臑《ずね》を蹴《け》った。骨が鈍《にぶ》く鳴った。力丸が呻《うめ》いて、身を屈《かが》める。

すかさず浅倉は、肩で力丸を弾《はじ》いた。

力丸が横倒しに転《ころ》がる。ダガーナイフが路面に落ち、二十センチほど滑走した。

「麻布《あざぶ》署の連中が来る前に消えろ。今回だけ見逃してやるよ」

浅倉は刃物を路肩《ろかた》まで蹴り、人垣を掻《か》き分けた。

誰かが拍手した。それに釣られる恰好《かっこう》で、幾人かの男女が手を叩いた。指笛を鳴らした者もいた。

浅倉は照れた。レザーコートを抱《かか》えながら、脇道に駆け込む。浅倉は数十メートル走ってから、カシミヤの黒いタートルネック・セーターの上にレザーコートを重ねた。

別段、人情刑事を気取ったわけではない。力丸を検挙しなかったのは所轄署の者たちに事情聴取されることが煩《わずら》わしく思えたからだ。決してスタンドプレイではなかった。

浅倉は迂回《うかい》して、六本木通りに出た。

少し先に行きつけのカウンターバー『オルフェ』がある。大人の独身男女が夜ごと集《つど》うハントバーだ。

浅倉はワンナイトラブの相手を馴染《なじ》みの酒場で見つけ、ちょくちょく短いロマンスを娯《たの》しんでいる。女好きだが、相手を泥酔させてホテルに連れ込んだことは一遍《いっぺん》もない。卑劣な行為に及ぶほど心根は腐っていなかった。

いつも浅倉は合意の情事に耽《ふけ》っていた。分別《わきま》を弁えた男女が心と体の渇《かわ》きを癒《い》やし合う。虚《むな》しい面もあるが、それなりに愉《たの》しいものだ。少なくとも刺激に充《み》ちている。

一夜限りで終わることは意外に少ない。たいがい数カ月は割り切った関係がつづく。

しかし、なぜか半年前後でパートナーと疎遠《そえん》になってしまう。双方に結婚願望がないことが多く、どうしても精神的な結びつきが強まらないのではないか。

浅倉は半月前まで『オルフェ』で知り合った売れない舞台女優と週に一度、ホテルで熱い一刻《ひととき》を過ごしていた。ホテルのグリルで待ち合わせてバーで飲み、部屋で狂おしく求め合う。

そういうパターンがおよそ五カ月つづいたが、相手の女性は急にサンフランシスコに移住してしまった。人生をリセットしたくなったのだろう。人にはそれぞれの生き方がある。

浅倉は一抹《いちまつ》の淋《さび》しさを味わったが、それほどショックは受けなかった。そもそも疑似恋愛だ。いちいち感傷的にはなっていられない。

浅倉は別にニヒリストぶっているわけではないが、恋愛に多くのものを求めていなかった。

人の心は移ろいやすい。永遠《とわ》の愛を貫《つらぬ》けるカップルは稀《まれ》なのではないだろうか。束《つか》の間《ま》、心身ともに安らげるだけで充分な気がする。多情だから、そう考えてしまうのか。

『オルフェ』は飲食店ビルの地階にある。

ほどなく浅倉は店内に足を踏み入れた。BGMは、ビル・エヴァンスのジャズピアノだった。洗練されたサウンドが耳に心地よい。

顔見知りのバーテンダーが浅倉に気づき、カウンターの左端に目をやった。

そこには、二十七、八歳の妖艶《ようえん》な美女がいた。初めて見る顔だ。目鼻立ちは整っている。色っぽいが、知的な輝きもあった。好みのタイプだった。

浅倉はバーテンダーに目顔《めがお》で謝意を表し、奥に向かった。

時刻が早いからか、客の姿は疎《まば》らだ。店内のインテリアは黒で統一され、シックにまとめられている。小粋《こいき》だ。息を呑《の》むような美人は、サンドベージュのスーツに身を包んでいる。プロポーションは申し分ない。ファッションセンスも光っていた。

「隣に坐《すわ》ってもかまわないかな」

浅倉は笑顔で話しかけた。

相手が曖昧《あいまい》にほほえむ。彼女の目の前には、カクテルグラスが置かれている。シェリー酒をベースにしたアドニスだ。ベルモット・ロッソとオレンジビターズをステアした食前酒《アペリティフ》である。

「後《あと》からお連れの方がいらっしゃるんですか？」

「いいえ」

「それなら、ちょっと失礼しよう」

浅倉は、かたわらのスツールに腰かけた。物怖《ものお》じしていては、何もドラマは生まれない。

バーテンダーが近寄ってきた。浅倉はスコッチ・ウイスキーのロックを注文した。オードブルは、スモークド・サーモンと羊のチーズを選んだ。

「常連さんみたいですね」

気になる美女が確かめるような口調で言った。

「月に二度ぐらいしか顔を出してないから、まだ常連とは言えないだろうな。そんなに女好きに見えます？」

「あっ、ごめんなさい。落ち着いてらっしゃるから、そんなふうに思えたんです」

「この店がハントバーだってことは、ご存じなんでしょ?」

「友達からそう教えられたので、好奇心から覗《のぞ》いてみる気になったんですよ。いま、とっても緊張してます」

「こっちを含めて男は三人しかいないから、まだ誰にも言い寄られてないようだな。そうなんでしょ?」

「はい。でも、男性たちの視線は感じられたんで、なんだか怖《こわ》くなってきたんです。それだから、そろそろ……」

「帰らないでほしいな。うざいと思ったら、ストレートに言ってください。別のスツールに移りますので」

「迷惑なんかじゃありません」

「なら、一緒に飲みましょうよ」

「え、ええ」

女が目で笑い、カクテルグラスに口をつけた。やや肉厚な唇が官能的だ。

浅倉は断ってから、セブンスターに火を点《つ》けた。女が口を開く。

「あのう、このお近くにお勤めなんですか?」

「神田《かんだ》にある測量会社で働いてるんだ。営業職に就《つ》いてるんですよ」

浅倉は、もっともらしく言った。

私生活で自分が刑事であることを明かすケースはきわめて少ない。こういう店で職業を告げたら、ワンナイトラブの相手はいつまでも見つからないだろう。警官嫌いは割に多い。

「わたしは、広告代理店でマーケティングの仕事をしています」

「そう。浅倉です」

「ナンパ用の偽名ですか？」

「本名だよ。疑ってるんだったら、運転免許証を見せてもいいが……」

「そこまでおっしゃるなら、本名なんでしょうね。わたしは芳賀真紀《はがまき》です。勤め先はまだお教えできませんけど、偽名なんかじゃありません」

「その言葉を信じるよ」

「素直なんですね」

「騙《だま》しやすい男なんだろうな、おれは」

「そういう意味で言ったんじゃないの」

真紀が打ち解《と》けた表情になった。警戒心が緩《ゆる》んだのだろう。

会話が中断した。飲みものとオードブルが運ばれてきたからだ。バーテンダーが遠のくと、真紀が先に沈黙を破った。

「こういうお店に来てらっしゃるわけですから、まだ独身《シングル》なんでしょ？」

「もちろん、そうだよ。どういうわけか、女運が悪くてね」

「嘘《うそ》ばっかり！　浅倉さんは女性に好《す》かれそうだから、多分、理想が高いんでしょうね」

「高望みをしてるわけじゃないんだ。不躾《ぶしつけ》なことを訊《き》くけど、つき合ってる彼氏とはうまくいってないのかな？」

「交際していた相手とは七カ月前に別れました」

「そうなのか。浮気でもされたの？」

「いいえ、そうではありません。プロポーズされたんですけど、彼が望む専業主婦にはなれそうもなかったので……」

「仕事を捨てられなかったんだ？」

「ええ、まあ。わたしの母はいまも高校の教員なんですけど、主婦業もこなして伸び伸びと生きてるんですよ」

「要するに、夫に縛《しば》られるような暮らしには魅力を感じないわけだ？」

「そうですね。まだまだ男社会ですので、専業主婦になったほうが楽だとは思います。だけど、いろいろ折り合わなければならないことがあるでしょ？」

「それはそうだろうね」

「自分を殺しながら、主婦に徹するのは……」

「無理だと判断したのか」

「そうなんですよ。別に独身主義ってわけではないので、共働きを許してくれる男性がいたら、いつでも……」

「たった一度の人生なんだから、男も女も生きたいように生きるべきだね」

「同感です」

「話が合いそうだな。こっちは共働きに反対する気はない。今夜、婚約しちゃおうか」

浅倉は軽口をたたいた。

真紀がおかしそうに笑って、アドニスを空《あ》けた。次にオーダーしたのは、パラダイスだった。

ドライジンにアプリコット・ブランデーとオレンジジュースを加え、シェイクしたカクテルだ。甘口だが、アルコール度数は二十五度と低くない。真紀はほろ酔い気分になりたくなったのかもしれない。

いい傾向だ。浅倉もグラスを呷《あお》った。杯を重ねるにつれて、二人は話が弾《はず》んだ。いつしか席は、ほぼ埋まっていた。

九時半を回ってから、浅倉は真紀の耳許《みみもと》で囁《ささや》いた。

「よかったら、ホテルのバーで飲み直さないか」

「えっ、ホテルの……」

「あっ、誤解しないでくれないか。あなたを酔わせて、こっそり予約した部屋に連れ込もうなんて魂胆《こんたん》じゃないんだ。ムードのある所で、しみじみと飲みたくなってきただけなんだよ」

「飲むだけでしたら、おつき合いします」

「ありがとう。もう少し経《た》ったら、河岸《かし》を変えよう」

「はい」

真紀がうなずく。

相手は小娘ではない。運がよければ、今夜にでも真紀と親密になれるのではないか。にやけかけたとき、レザーコートの内ポケットで刑事用携帯電話《ポリスモード》が着信音を発した。

「ちょっと失礼！」

浅倉はポリスモードを摑《つか》み出し、スツールから滑《すべ》り降りた。トイレの前まで大股《おおまた》で歩き、ディスプレイに目を落とす。

発信者は立花班長だった。浅倉は急いでポリスモードを耳に当てた。

「浅倉君、自宅にいるのかな？」

「いいえ、六本木で飲んでるんです」

「そうか。若月《わかつき》副総監《ヤマ》から、武装捜査班《う ち》に特捜指令が下ったんだ」

「今回はどんな事件なんです？」

「去年の十一月二十七日、四谷《よつや》署管内でフリージャーナリストが撲殺《ぼくさつ》された」

「その事件なら、よく憶《おぼ》えています。四谷署に設置された捜査本部《チョウバ》は二期目に入っても、まだ容疑者の絞り込みに至ってないんでしょ？」

「そうなんだよ。橋爪《はしづめ》刑事部長はできるだけ早く支援捜査に取りかかってほしいとおっしゃってる。三人の部下に声をかけて、これから登庁してくれないか」

立花が遠慮がちに指示し、先に電話を切った。

思わぬ邪魔が入ってしまった。しかし、任務を後回しにはできない。きょうは真紀に私物のスマートフォンのナンバーを教え、ひとまず別れるほかないだろう。

浅倉はポリスモードを所定のポケットに戻し、カウンターに引き返しはじめた。

2

ハントバーの裏手に回り込む。

浅倉はあたりに人影がないことを目で確かめてから、最初に元SPの部下に電話をかけた。SPだった宮内和宏《みやうちかずひろ》は三十五歳で、職階は浅倉と同じだ。俳優並の二枚目である。射撃の名手だった。

宮内はSPのころ、大物政治家を襲ったテロリストを三人も瞬時に撃ち倒した。急所を外した理想的な反撃だった。そのエピソードは伝説になっている。柔剣道はもちろん、空手の有段者でもあった。

宮内は文武両道で、読書家だ。酒豪だが、煙草《たばこ》は喫《す》わない。趣味はトライアスロンだ。美人スポーツインストラクターと婚約している。札幌《さっぽろ》出身だった。

電話が繋《つな》がった。

「浅倉だ。ぞっこんのフィアンセと三宿《みしゅく》の自宅マンションで寄せ鍋《なべ》でもつついてるのかな？」

「いいえ、本を読んでました」

「そうなのか。去年の十一月に四谷で発生した撲殺事件の特捜指令が下ったんだよ。できるだけ早く副総監室に顔を出してくれ、地下の秘密刑事部屋ではなくな」

「了解です」

宮内が通話を切り上げた。

浅倉はいったん通話終了ボタンをタップし、次に乾大地《いぬいだいち》のポリスモードを鳴らした。三十四歳の乾は元暴力団係の刑事だ。

六年四カ月前に新宿《しんじゅく》署組織犯罪対策課から本庁組織犯罪対策部第四課に異動になり、その後は第五課で麻薬と銃器の取り締まりに当たっていた。乾は潜入捜査で活躍したことが高く評価され、武装捜査班に引き抜かれたのである。

強面《こわもて》で、巨漢だ。十代のころは非行を重ねていたらしい。その名残《なごり》があり、やくざと間違われることが多かった。

乾は感情が激すると、きまって目を細める。その癖《くせ》は割に凄《すご》みがあった。気弱な者は、たいがい目を逸《そ》らす。

やくざっぽい部下は粗野《そや》だが、気は悪くない。職階は警部補だ。上昇志向はない。

乾は浅倉と同様に女好きで、服役中の暴力団幹部の内縁の妻と逢《あ》い引《び》きを重ねている。実家は横浜《よこはま》市内にあるのだが、代々木上原《よよぎうえはら》の賃貸マンションで暮らしていた。

呼び出し音を鳴らしつづけても、なかなか通話可能にはならない。筋者《すじもの》の内妻とホテルで肌を貪《むさぼ》り合っているのか。

伝言を口にしかけたとき、乾が電話に出た。呼吸が乱れている。

「元クラブホステスの久須美綾乃《くすみあやの》とホテルで密会中だったらしいな」

「ホテルじゃなく、おれの部屋でナニしてたとこっす。呼集《こしゅう》がかかったんすね？」

警察関係者は、招集を呼集と言い換《か》えている。

「そうだ。すぐに登庁して副総監室に来てくれ」

「リーダー、ちょっと遅れてもいいでしょ？　どっちもまだ……」

「早く終わらせて、タクシーに飛び乗れ」

浅倉は苦笑しながら、そう言った。

「今回はどんな事件《ヤマ》なんす？」

「いいから、ベッドに戻ってゴールまで突っ走れ」

「おれ、頑張るっすよ」

乾の声が途絶《とだ》えた。浅倉は最後に紅一点の蓮見玲奈《はすみれな》に連絡をとった。

二十七歳の玲奈は、チーム入りするまで本庁鑑識課課員だった。聡明《そうめい》で、美貌《びぼう》にも恵まれている。まだ巡査長だが、科学捜査の知識は豊かだった。その点は心強い。

玲奈は警察官には珍しく、リベラルだった。どんなときも反権力・反権威の姿勢は崩さない。是々非々《ぜぜひひ》主義を貫《つらぬ》く。

人権派弁護士の父親の影響だろう。玲奈は警察官という職業を選んだとき、父親に猛反対されたそうだ。娘が国家権力に与《くみ》するような仕事に携《たずさ》わることが許せなかったのだろう。

玲奈は、権力側に身を寄せたかったのではないと明言している。警察は軍隊に似た階級社会である。六百数十人の警察官僚《キャリア》がおよそ二十九万七千人の巨大組織を支配していることは事実だ。

そうした前近代的なシステムを変えない限り、内部の腐敗は改まらないだろう。現に毎年、懲戒《ちょうかい》処分者が百数十人もいる。上意下達《じょういかたつ》が警察官や職員の不正や犯罪を招いていると言い切っても過言ではないだろう。

玲奈は口にこそ出したことはないが、警察社会を少しでも内部から改善したいと考えている節《ふし》がある。そうした青臭さは大事なのではないか。

浅倉は、イエスマンになりきれない警察官にシンパシーを感じている。体制側にいても、決して権力には媚《こ》びないという姿勢は保《たも》つべきだろう。そうした意味では、玲奈は見所のある部下だった。同志でもあった。

独身の警察官は、原則として待機寮と呼ばれている官舎に入らなければならない。人間関係が煩《わずら》わしく、門限もある。そんなことで、不人気だ。さまざまな口実で、寮に入らない単身者が増えている。

玲奈も、そのひとりだった。恵比寿《えびす》にある親の家で暮らしていた。彼女は科学警察研究所の化学技官と恋仲らしいが、浅倉は詳《くわ》しいことは知らない。

「お待たせして済みません。洗面所で洗い髪を乾かしてたんで、すぐには着信音に気づかなかったんですよ」

「そうか。風呂上がりに気の毒だが、急いで登庁してほしいんだ。指令が下ったんだよ」

「わかりました。できるだけ早く本部庁舎に向かいます」

「副総監室で会おう」

浅倉は刑事用携帯電話《ポリスモード》を仕舞《しま》い、六本木通りに向かって走りはじめた。二分そこそこで、大通りに達した。

浅倉はタクシーを拾った。

およそ十五分で、目的地に到着した。浅倉は通用口から本部庁舎に入り、エレベーター乗り場に急いだ。

本部庁舎は十八階建てで、ペントハウスがある。ペントハウスは二層になっていて、機械室として使われていた。屋上にはヘリポートがある。

地階は四階までだ。本部庁舎では約一万人の警察官・職員が働いている。多くの者が通用口から出入りしていた。エレベーターの数は多く、十九基もある。そのうちの十五基は人間専用の函《ケージ》だ。高層用、中層用、低層用に分かれている。

浅倉は中層用エレベーターで、十一階に上がった。このフロアには、警視総監室、副総監室、総務部長室、企画課、人事第一課、公安委員室などがある。

浅倉は左右をうかがってから、名乗って副総監室に足を踏み入れた。

十人掛けのソファセットの窓側に若月彰《あきら》副総監と橋爪剛《つよし》刑事部長が並んで腰かけている。五十五歳の副総監は制服姿だった。肩章が眩《まばゆ》い。

立花班長は、コーヒーテーブルの手前に坐っていた。背広姿だ。部下たちの姿はなかった。

「こんな時刻に呼集をかけて悪いね。浅倉君、掛けてくれないか」

若月副総監が言った。浅倉は一礼し、立花の横に腰を落とした。

「メンバーが揃《そろ》ってから本題に入ったほうがいいだろう。立花班長、それでいいね？」

橋爪刑事部長が打診した。立花が顎《あご》を引く。

五十一歳の橋爪はキャリアで、刑事部各課を取り仕切っている。エリートだが、気さくな人物だ。

取りとめのない話をしていると、宮内がやってきた。その次に玲奈が馳《は》せ参じた。案《あん》の定《じょう》、乾がしんがりだった。すっきりした表情だ。性欲を充《み》たしたのだろう。

三人の部下は、浅倉の横に坐った。

「指令内容を伝えてくれないか」

若月が刑事部長を促《うなが》す。浅倉は身を乗り出した。三人の部下の表情が引き締まる。

「みんなも知ってるだろうが、昨年十一月二十七日の夜、フリージャーナリストの神崎陽一《かんざきよういち》が四谷三丁目交差点近くの裏通りで何者かに撲殺された。享年《きようねん》四十。凶器は金属バットだった」

「確か凶器は事件現場に遺《のこ》されていたんですよね？」

立花班長が橋爪に顔を向けた。

「そうなんだが、凶器には犯人《ホシ》の指紋《しもん》も掌紋《しようもん》も付着していなかった。唾液《だえき》や汗も付着してなかったんだよ。だから、ＤＮＡも不明だ」

「加害者がゴム手袋を嵌《は》めてから、犯行に及んだんでしょう。軍手など布製の手袋なら、金属バットに汗が染《し》みつくでしょうから」

「そうだね。犯人のものと思われる足跡《ゲソ》は採取シートに幾つもくっきりと刻まれたんだが、大量生産されてるスニーカーだったんで、その線からの割り出しはできなかったんだ」

「靴のサイズは？」

「二十六センチだから、加害者は中背だったんだろう」

「お言葉を返すようですが、小柄な男でも足はやけに大きいケースもあります。その逆もありますでしょう？」

「そうだな。履物《はきもの》のサイズだけで、背丈《タッパ》を推定するのは早計だったね。立花班長の言った通りだ」

「第一期は殺人犯捜査第三係が担《にな》ったんでしたね。三係のメンバーは優秀な者が多いんですが……」

「そうなんだが、四谷署刑事課員との合同捜査では成果を上げられなかった。で、本庁《うち》の八係の十三人が追加投入された。しかし、まだ容疑者は捜査線上に浮かんでいない。八係の連中も殺人捜査には長《た》けてるんだがね」

橋爪が溜息《ためいき》をついた。

警視庁は所轄署の要請によって、捜査本部を設置する。捜査一課の刑事が所轄署に出張《でば》って、地元署の強行犯係と合同で地取りや鑑取《かんど》りを行う。

現場の指揮は本庁の担当管理官が執《と》るケースが多い。捜査本部長の刑事部長と副本部長の署長はお飾りだ。

捜査本部には各班ができるわけだが、本庁と所轄署の刑事がペアになって聞き込みや尾行をする。

通常、第一期は三週間だ。第一期内までに事件が落着しなかった場合は、所轄署の捜査員はそれぞれの持ち場に戻る。

つまり、捜査本部から離脱するわけだ。二期目以降は、本庁の刑事だけで捜査を続行する。捜査本部の費用は、すべて所轄署が負担しなければならない。捜査が難航したら、署の年間予算を遣《つか》い果たすことになる。

「四谷署にあまり負担をかけたくないんで、武装捜査班の力を借りたいんだよ。これまでの捜査資料は部下の参事官に集めてもらったから、メンバー全員がしっかり予備知識を頭に入れてほしいんだ」

「わかりました」

立花が橋爪刑事部長に応じ、卓上に積み上げられたファイルを引き寄せた。すぐに捜査資料が四人の部下に配られる。

浅倉はファイルを受け取り、膝《ひざ》の上で開いた。宮内たち三人が倣《なら》う。

鑑識写真の束は、表紙とフロントページの間に挟《はさ》んであった。カラー写真は二十数葉《よう》ありそうだ。浅倉は鑑識写真を繰《く》った。路上に俯《うつぶ》せに倒れた被害者の頭部は、血みどろだった。頭蓋骨《ずがいこつ》は大きく陥没している。

犯人は神崎陽一の背後に忍び寄り、金属バットで頭を強打したのだろう。その後も繰り返し頭部をバットで打ち砕《くだ》いたと思われる。

浅倉は鑑識写真の束をコーヒーテーブルの上に置き、司法解剖所見の写しを手に取った。

司法解剖は事件のあった翌日の午前中、大塚《おおつか》にある東京都監察医務院で行われた。死因は打撲による脳挫傷《のうざしょう》だった。死亡推定日時は、昨年十一月二十七日の午後十時から同十一時の間とされた。

浅倉は事件調書をじっくりと読んだ。

残念なことに、犯行を目撃した通行人や付近の住民はいなかった。事件現場近くの民家の主婦が入浴中に外から男の短い呻《うめ》き声を聞いたと証言しているが、表の様子をうかがうことはなかったらしい。気になる呻き声が耳に届いたのは十時半前後だったようだ。

殺害された神崎は熊本《くまもと》県の出身で、都内の国立大学を卒業した春に大手出版社に入った。総合雑誌と文芸誌の編集に携《たずさ》わり、三十三歳でフリージャーナリストになった。

硬骨漢《こうこつかん》だったようで、社会派ノンフィクション作品を多く執筆してきた。しかし、そうした文筆活動だけでは生計を立てられなかったようだ。神崎はゴーストライターの仕事で糊口《ここう》を凌《しの》ぎながら、タブー視されているテーマに斬《き》り込んでいた。

社会の暗部や恥部を抉《えぐ》るような原稿をすんなり記事にしてもらえるチャンスは、あまり多くない。それでも、神崎はめげずに自分のテーマを追いつづけていたらしい。

三年前には利権右翼と労働貴族が裏で繋《つな》がっていることを週刊誌で暴露し、暴漢に袋叩きにされた。しかし、神崎はジャーナリスト魂を棄《す》てなかった。

去年の春から晩秋にかけて、ゴーストライティングの仕事をこなしながら、断続的に取材を重ねてきた。取材対象は三つだった。

名士《セレブ》専用の秘密ＳＭクラブ、電力会社と文化人との不適切な関係、格闘技の八百長《やおちょう》試合疑惑だ。表層的に見れば、いずれも重大な社会問題とは呼べないテーマだろう。

しかし、硬派ライターが興味半分に取材していたとは思えない。俗っぽい取材対象の向こう側には、驚くべき犯罪や隠謀が隠されていたのではないか。

捜査本部は被害者の取材対象者を洗った。だが、撲殺事件に関与していそうな人物はいなかったようだ。捜査が甘かったのか。それとも、外部から捜査当局に圧力がかかったのだろうか。

捜査本部は当然のことながら、神崎の人間関係の縺《もつ》れの有無《うむ》も調べた。神崎は妻の亜希《あき》、三十六歳とは仲睦《なかむつ》まじかったと記《しる》されている。隣人たちにはそう映っていたのだろうが、果たしてそうだったのか。

　仕事関係者とのトラブルもなかったらしい。第二期に入って追加投入された捜査員たちが再聞き込みをしているから、神崎が出入りしていた雑誌社やジャーナリスト仲間と揉《も》めたことはなかったのだろう。

「リーダー、関東電力から多額の講演料や対談謝礼を貰《もら》ってると噂《うわさ》された学者や評論家なんかが最近、原発を早く再稼働させるべきだと盛んに言いはじめてるっすよね」

　乾が浅倉に言った。

「そうだな」

「原発推進派の文化人は、講演料や対談謝礼のほかに何かでっかい飴玉《あめだま》を貰ったんじゃないっすか。金だけじゃなく、女も与えられたのかもしれないっすよ」

「発想が通俗的だな」

　浅倉は雑《ま》ぜ返した。

「そう言われると、確かにそうっすね。あっ、関東電力は汚い手を使って地熱エネルギー関連業者を潰《つぶ》しにかかってるんじゃないのかな。そのことを神崎陽一に暴《あば》かれそうになったんで、犯罪のプロにでも始末させたんじゃないっすか？」

「そう結論を急ぐな」

「おれ、せっかちっすからね」

乾が頭に手をやる。立花班長が微苦笑した。

「名士《セレブ》専用の秘密ＳＭクラブで、殺人があったとは考えられないだろうか。具体的に言うと、社会的地位のある男がプレイ中にＭ嬢をサディスティックに嬲《なぶ》って死なせてしまった。そのことを神崎陽一が嗅《か》ぎ当てたんで……」

橋爪が立花に語りかけた。

「そうだったとしたら、Ｍ嬢を殺してしまった名士は焦《あせ》るでしょうね。しかし、これまでの調べではそういう証言はなかったはずです」

「そうだったね。格闘技の八百長試合を仕組んだと疑われた興行プロモーターは素《す》っ堅気《かたぎ》ではないんだろうから、殺し屋《プロ》に神崎の口を封じさせた可能性はゼロじゃないな」

「そんなふうに疑うことはできますが、被害者の取材対象の人間は誰もシロだと捜査本部は判断しています」

「そうなんだが、やはり神崎が取材してた連中のことが気になるな。立花班長、無駄になるかもしれないが、チームで取材対象の関係者を調べ直してみてくれないか」

「わかりました」

「筋の読み方が違ってるようだと感じたら、遠慮なく言ってほしいんだ。余計なことを言って、チームの輝かしい功績に傷をつけたくないからな」

「部長の筋読みが見当外れだと裏付けられたら、はっきりと申し上げます」

「そうしてくれないか」

「地下三階のアジトで捜査資料を読み込んで、明日から支援捜査を開始します」

立花班長が橋爪に言って、浅倉の太腿《ふともも》を軽く叩いた。

浅倉はファイルを抱え上げた。チームの五人は相前後してソファから離れ、副総監室を出た。

3

事件の痕跡《こんせき》はない。

四谷三丁目の裏通りである。特捜指令を受けた翌日の午前十時過ぎだ。

浅倉は三人の部下と一緒に神崎陽一が殺害された現場に立っていた。別段、捜査本部の遺留班に見落としがあったのではないかと疑っているわけではなかった。

事件現場に臨《のぞ》むと、被害者の無念さがひしひしと伝わってくる。それが支援捜査の原動力になった。

「この通りは雑居ビルが多いですね。夜間は人通りが極端に少なくなるんでしょう。民家は数えるほどしかありません」

玲奈が浅倉に話しかけてきた。

「そうだな。数軒先にある民家の主婦が事件当夜、入浴中に男の呻き声を耳にしてるんだが、素っ裸だったから……」

「外に飛び出すわけにはいかなかったんでしょう。でも、せめて浴室の窓を開けてれば、もう少し手がかりを得られたんでしょうけどね。わたしなら、体にバスタオルを巻いて表に走り出たかもしれません」

「民間人は、そこまでやれないさ。蓮見と宮内は、証言してくれた主婦に会ってみてくれないか」

浅倉は指示した。玲奈と宮内が肩を並べて歩きだした。証言者宅は、雑居ビルと低層マンションの間にあった。木造の二階家だ。

「おれたちも一応、付近で聞き込みをしよう」

浅倉は乾に声をかけた。

いつも巨漢刑事とコンビを組んでいるわけではない。宮内か玲奈を相棒《バディ》にもしている。メンバーは時と場合によって、組む相手を替えていた。

武装捜査班には、黒いスカイラインと灰色のエルグランドが貸与されている。二台の捜査車輌は近くの路上に駐《と》めてあった。

浅倉・乾ペアは聞き込みに回った。雑居ビルのオフィスで働く男女やマンションの入居者は、誰もが撲殺事件のことを知っていた。被害者が執筆した記事を読んだ者も少なくない。

　しかし、犯行を目撃した者はいなかった。初動捜査や捜査本部の調べに手落ちはなかったようだ。覆面パトカーを駐めてある場所に戻ると、宮内と玲奈がたたずんでいた。

「新情報を得られたか？」

　浅倉は元SPに訊《き》いた。

「いいえ、被害者《マルガイ》の呻き声を聞いたと証言した主婦は耳をそばだててみたらしいんですが、加害者の声はまったく聞こえなかったそうです。それから、犯人《ホシ》が走り去る気配も伝わってこなかったと言ってました」

「そうか」

「神崎陽一を撲殺した奴は終始、冷静だったんだと思われます。そのことから、犯罪のプロの犯行《ヤマ》と推定してもいいんではないですか」

「多分、そうなんだろうな。おれたちも収穫は得られなかったよ」

「やはり、そうでしたか。被害者の妻と仕事関係者と会ってみたいんですが……」

「そうしてくれ。神崎は文英社《ぶんえいしゃ》の『世相ジャーナル』の日置《ひおき》敦《あつし》編集長を信頼してたようだから、直近の取材対象について何か喋《しゃべ》ってたかもしれない。捜査資料には、その件に関しては編集長は何も故人から聞いてないと答えてるが……」

「ええ、そうでしたね。しかし、『世相ジャーナル』に神崎が取材してたテーマに関心があったとしたら、捜査関係者には故人から何も聞いてないと答えそうだな」

「神崎と親交があったジャーナリスト仲間たちには、おれと乾が会いに行くよ。その後、関東電力と癒着《ゆちやく》して原発再稼働の必要性を説《と》いてる評論家に鎌《かま》をかけてみる予定だ」

「わかりました」

宮内がそう答え、かたわらの玲奈に目で合図した。

玲奈がエルグランドの運転席に乗り込んだ。宮内が助手席に腰を沈める。別に運転手役が決まっているわけではなかったが、職階の低い者がハンドルを握ることが多い。エルグランドが走り去った。

乾がスカイラインのドアを開け、巨体をシートに沈めた。サスペンションが弾んだ。浅倉は車を回り込み、助手席に入った。

「神崎の同業者の二人が聞き込みに応じてるっすね」

乾がファイルを開いて、そう言った。

「ひとりは古沢孝良《ふるさわたかよし》、四十八歳だったな。住まいは文京区《ぶんきよう》の小日向《こひなた》にあったんじゃなかったか」

「そうっす。リーダー、凄《すご》い記憶力っすね。頭《ペテン》がいいんだな」

「捜査資料を三度も読んだから、その程度のことは憶えてるよ。もうひとりのフリージャーナリストは柳 輝人《やなぎてるひと》、三十六歳だったな。自宅アパートは練馬《ねりま》区西大泉《にしおおいずみ》二丁目にあったと思う」

「当たりっす」

「先に古沢孝良の家《ヤサ》に行ってみよう」

浅倉は、シートベルトを掛けた。乾が捜査資料をドア・ポケットに突っ込み、覆面パトカーを発進させた。文京区に向かう。

古沢の自宅マンションを探し当てたのは二十数分後だった。

コンビはスカイラインを六階建ての賃貸マンションの近くの路上に駐め、エントランスロビーに入った。オートロック・システムにはなっていなかった。

浅倉たちはエレベーターで四階に上がった。

古沢は四〇一号室を借りている。乾がインターフォンを鳴らした。

ややあって、部屋の主の声で応答があった。

「どなたでしょう?」

「警視庁の者です。神崎さんの事件の捜査強化をしてるんですが、ご協力いただけないでしょうか」

浅倉は姓だけを名乗った。

待つほどもなく青い玄関ドアが開けられた。古沢はTシャツの上に綿のネルシャツを着て、フリースを重ねていた。やや長髪で、黒縁の眼鏡《めがね》をかけている。細身で、上背もあった。

浅倉たちはＦＢＩ型の警察手帳を短く呈示《ていじ》した。どちらも、所属セクション名は指で巧《たく》みに隠した。いつもそうしている。

「神崎君は年下でしたが、気骨《きこつ》のあるジャーナリストでしたよ。本人に言ったことはありませんでしたが、わたし、彼をリスペクトしてたんです」

古沢が浅倉に言った。

「硬骨漢だったようですね」

「彼こそ真のジャーナリストでしたよ。新聞記者やテレビ局の報道記者は正義を振り翳《かざ》してますが、外部の圧力に屈《くっ》してしまう。広告スポンサーにも遠慮してますよね。しかし、神崎君は腰抜けではありませんでした。臭いものに蓋《ふた》をするようなことはなかったし、世の中のタブーに敢然《かんぜん》と挑《いど》んでましたよ」

「アンタッチャブルな事柄を抉《えぐ》るには、相当な勇気がいるでしょう。覚悟も必要だと思います。敵を作るわけですからね。神崎さんは胆《きも》が据《す》わってたんでしょう」

「死んだ神崎君は、畳の上では死ねないだろうとよく真顔《まがお》で言ってました。彼のことをドン・キホーテだと嘲笑《ちょうしょう》する雑誌編集者やジャーナリスト仲間がいましたが、その潔《いさぎよ》い生き方と覚悟は立派でした。並の人間にはできることじゃありません」

「おっしゃる通りですね」

「フリージャーナリストの多くは、経済的には恵まれてないんですよ。神崎君はスポーツ選手やタレントの本の代筆をこなしながら、ペンで問題提起をしつづけてたんです。新聞社やテレビ局の記者たちは、飼い犬みたいなもんです。飼い主に餌《えさ》を貰《もら》いながら、正義の使者ぶるのは狡《ずる》いですよ。その点、神崎君は野良犬に徹して吠《ほ》えつづけていました」

「神崎さんが気骨のある人物だったことはよくわかりました」

乾が口を挟《はさ》んだ。古沢が少し顔をしかめた。

「気を悪くしないでください。別に古沢さんの話を遮《さえぎ》るつもりはなかったんすよ」

「早く確かめたいことがあるようだな」

「ええ、まあ。去年の春ごろから晩秋まで、神崎さんは断続的に三つのテーマの取材をしてたっすよね？」

「そのことは捜査本部の方に教えられるまで知らなかったんだ」

「神崎さんとは親しかったのに？」

「そうなんだが、同業者同士だからね。お互いに取材対象について探《さぐ》り合わないことが暗黙のルールになってたんだ。神崎君はわたしが追っかけてる犯罪を横奪《よこど》りして抜け駆けしたりしっこない。わたしも、そうだ。ただ、ライバルだからね」

「それじゃ、神崎さんが名士《セレブ》専用の秘密ＳＭクラブや関東電力に抱き込まれた学者や評論家たちの動きを探ってたこともまったく知らなかったわけっすか？」

「そうなんだ。捜査本部に詰めてる刑事さんから神崎君が格闘技の八百長試合疑惑も調べてたようだと教えられたんだが、まるで知らなかったよ。取材対象に秘密ＳＭクラブや八百長試合が含まれてるんで、少し驚いたんだ」

「意外な気がしたんすね？」

「そう。神崎君は社会派ノンフィクション・ライターというイメージがあったんで、俗っぽいテーマを選んだことが信じられなかったんだよ」

「そうだろうな」

「しかし、よく考えてみたら、ゴシップめいた種《ネタ》の裏には何か信じがたい大きな犯罪が隠されてたのかもしれないと……」

「何か思い当たります？」

浅倉は大柄な相棒を手で制し、古沢に問いかけた。

「具体的に思い当たることがあったわけじゃないんですが、そんな気がしてきたんですよ」

「そうですか」

「警察は、神崎君が飛び飛びに取材してた事柄の関係者を調べてみたんでしょ？」

「ええ。ですが、疑わしい人物はいなかったようなんですよ」

「それなら、昔の取材対象者に神崎君は逆恨《さかうら》みされたのかもしれないな」

古沢が考える顔つきになった。

「誰か心当たりは？」

「いないんだが、わたしたちはよく逆恨みされるんですよ。犯罪や不正を暴かれた者が脅迫電話をかけてきたり、部屋のドア・ノブにハムスターや仔猫《こねこ》の死骸《しがい》が入ったビニール袋を引っかけられたりするんです」

「陰湿なことをするもんだな」

「その程度の厭《いや》がらせはいいほうです。以前、神崎君は短刀《ドス》で刺されそうになったり、無灯火の車に轢《ひ》き殺されかけたことがありました。犯人どもは未《いま》だ捕まってません。そうした連中のひとりが神崎君を金属バットで撲殺したんじゃないのかな」

「そうなんですかね。ところで、あなたは同業の柳輝人さんをご存じですか？」

「よく知ってますよ、柳君のことは。彼も社会派ライターで、神崎君を慕《した》ってたんです。筆名でコミックの原案を手がけて副業にしてますが、志《こころざし》は高いですね」

「神崎さんは柳さんに目をかけてたんですか？」

「ええ、そうでした。二人はよく酒を酌《く》み交わしてましたよ。それから神崎君は柳君に取材テクニックを伝授《でんじゅ》したり、事実関係があやふやな場合は絶対に断定的な表現は避けるべきだとアドバイスしてたな」

「そうですか」

「神崎君は年下の柳君には無防備な接し方をしてたから、取材中のテーマを部分的に喋ってたかもしれませんね。柳君にお会いになってみたら？」

「そうするつもりでいました」

「お役に立てなかったけど、一日も早く神崎君を成仏《じょうぶつ》させてあげてください。お願いします」

「ベストを尽くします。ご協力、ありがとうございました」

浅倉は礼を述べ、四〇一号室から離れた。コンビは賃貸マンションを出ると、覆面パトカーに乗り込んだ。

柳輝人の自宅アパートに着いたのは正午近い時刻だった。昼食時に訪問するのはためらわれた。浅倉たちは近くにある和食レストランで食事を摂《と》った。ひと休みしてから、店を後《あと》にした。

柳の自宅アパートに引き返したのは午後一時数分前だった。軽量鉄骨造りの二階建てアパートの隣家のブロック塀《べい》にスカイラインを寄せ、二人はほぼ同時に車を降りた。

柳輝人の部屋は二〇五号室だった。浅倉たちは鉄骨階段を駆け上がり、奥の角部屋の前で立ち止まった。

乾がインターフォンを押す。

ドア越しに男の声で返事があり、ドアが開けられた。部屋の主は童顔で、若々しかった。見る角度によっては、二十六、七歳にしか見えない。

浅倉は素姓《すじよう》を明かし、来意も告げた。

「ご苦労さまです。寒いですので、どうぞお入りになってください」

「玄関先で結構ですよ」

「捜査がどのぐらい進んでるのか、ぼく、気になってたんですよ。よかったら、遠慮なくお上がりください。どうぞ、どうぞ！」

柳がにこやかに言って、玄関マットの上まで退《さ》がった。浅倉たちは押し切られて、順に入室した。

間取りは2DKだった。柳は来訪者をコンパクトなダイニングテーブルに向かわせると、二人分の緑茶を淹《い》れた。

「どうかお構いなく……」

浅倉は恐縮した。

「ちょうど熱い茶を飲みたいと思ってたんですよ」

「きみは優しいんだな」

「いやあ」

柳が謙遜《けんそん》して、浅倉と向き合う位置に坐った。

「午前中、古沢さんの家に伺《うかが》ったんですよ」

「そうなんですか」

「きみは、神崎さんに目をかけられてたらしいね？」

「はい、かわいがってもらってました。ぼく、神崎さんが書いた無戸籍の子供らのルポ記事を読んで、フリージャーナリストになったんですよ。それまでは某出版社で少年漫画誌の編集をやってました」

「神崎さんの仕事に触発されて、フリージャーナリストに転向したのか」

「そうなんです。親や同僚たちには無謀だと言われたんですけど、神崎さんのような生き方をしたくなったんですよ。ルポ記事で神崎さんは無責任な親たちを非難するだけではなく、行政の貧しさを告発してたんです。学校に通わせてもらえない無戸籍の子供たちを放ったらかしにしてたのは、親だけじゃないと結んでました」

「その通りなんだろうな」

「不幸な子供たちに同情するだけの記事だったら、すぐに忘れてたかもしれません。でも、神崎さんは物事を大きく捉《とら》えて、斬り口がシャープでした。ぼく、痺《しび》れちゃいました。もともと単純な人間ですので、どうしてもフリージャーナリストになりたくなったんですよ。でも、仕事の依頼なんかありませんでした」

「そうだろうね」

「貯《たくわ》えが底をついて、親兄弟から生活費を借りるようになっちゃいました。元上司がぼくを飢《う》え死にさせるのは忍びないと思ったらしく、コミックの原案や原作の仕事を回してくれるようになったんです」

「そういう仕事で副収入を得ながら、ノンフィクション・ライターとしても頑張ってるという話を古沢さんから聞きましたよ」

「ノンフィクション一本で喰《く》えるようになれるかどうかわかりませんけど、当分、夢を追いつづけます」

「早く夢が叶《かな》うといいですね」

「ええ」

柳が湯呑《ゆの》み茶碗を持ち上げた。浅倉も日本茶を啜《すす》った。

「神崎さんとはどこで親しくなったのかな？」

乾が訊《たず》ねた。

「あるノンフィクション・ライターの出版記念パーティーの会場で、知り合いの雑誌編集者に神崎さんや古沢さんを紹介されたんですよ。ぼく、神崎さんにファンだと打ち明けたんですよ。ノンフィクション・ライターに憧れていることも伝えました。そうしたら、神崎さんはフリーで物を書くことの心得を教えてくれたんです。それから、総合雑誌の編集者も紹介してくれました。おかげで、少しずつ原稿依頼をいただけるようになったんですよ。まだ駆け出しですんで、ノンフィクションの原稿料だけでは喰えませんけどね」

たんじゃない？」

「神崎さんに目をかけられてたんなら、生前に取材してたテーマなんかも断片的に聞いてたんじゃない？」

「去年の春からセレブ専用の秘密ＳＭクラブのことを取材してるという話は聞いてました。かえで銀行の副頭取が変装してＳＭクラブに通って、お気に入りのＭ嬢と夜ごとプレイに耽《ふけ》ってたらしいんです」

「これまでの捜査で、その副頭取は松坂孝雄《まつざかたかお》、六十一歳とわかってるんだ」

浅倉は会話に割り込んだ。

「そうなんですか。神崎さんは、副頭取の名前までは教えてくれなかったんですよ。ただ、副頭取に気に入られていたＭ嬢が初夏に謎の失踪《しっそう》をしてるんだと洩らしてましたね」

「副頭取の松坂が過激なプレイでＭ嬢を死なせてしまったという推測はできるんだが、捜査本部はそうは考えなかったようなんだ。松坂はシロと判断されたんだよ」

「そうなんですか」

「被害者は、関東電力が原発推進派の学者や評論家を抱き込んだ疑いがあると睨《にら》んでたようなんだが……」

「ええ、神崎さんはその取材も断続的にしてたようでしたね。ですけど、抱き込まれて関東電力の原発再稼働をアピールしてる原子力研究者や言論人の名までは教えてくれませんでした」

「捜査本部は電力会社とずぶずぶの関係の学者や文化人を調べ上げ、撲殺事件に絡んでるかどうかチェックしたんだ。その結果、怪しい者はいないという心証を得たらしい。しかし、調べが甘かったのかもしれない。そんなことで、われわれ支援捜査員が聞き込みをやり直してるんだ」

「そういうことだったんですか。確か神崎さんは、格闘技の八百長試合を仕組んだ興行プロモーターのことも調べてたはずですよ」

「これまでの捜査で、そのプロモーターは間弓彦《はざまゆみひこ》、六十七歳だとわかってる。ただね、その人物は七年前に失踪して戸籍を抹消されているんだ」

「他人が間弓彦になりすましてる疑いがあるんですね？」

「そうなんだが、そのプロモーターは事情聴取に頑《かたく》なに応じようとしないそうなんだ。秘書を通じて間弓彦本人だと主張してるらしいんだが、そうなのかどうか……」

「なんだか不自然ですね。自称間弓彦は八百長試合を仕組んで賭《か》けの胴元をやってたんじゃないのかな。その悪事が発覚することを恐れて、捜査に非協力的なんではないでしょうか」

「興行プロモーターのことを調べ直してみる必要があるかもしれないな」

「そうしてみてください」

柳が言った。浅倉はうなずいた。

その直後、奥の居室で固定電話が鳴った。浅倉たちは、それを汐《しお》に暇《いとま》を告げた。

4

副頭取室は広い。

優に三十畳はありそうだ。中央《ちゅうおう》区日本橋《にほんばし》にあるかえで銀行本店だ。

「貴重なお時間を割《さ》いていただいて、ありがとうございます」

浅倉は、奥の両袖《りょうそで》机に向かっている松坂副頭取に頭を下げた。相棒も会釈《えしゃく》する。コンビは、神崎の取材対象者たちに直《じか》に会ってみることにしたのである。

「ご苦労さん！　どうぞ掛けてください」

松坂が如才《じょさい》なく言って、アーム付きの椅《い》子《す》から立ち上がった。小太りで、額が大きく後退している。背は低い。

浅倉たち二人は、出入口寄りに置かれた総革《かわ》張りのソファに並んで坐《すわ》った。松坂が浅倉の前に腰かける。

「一部のジャーナリストは『貴婦人の館《やかた》』を名士《セレブ》専用の秘密ＳＭクラブだなんて疑っていたが、正確じゃないね」

「そうなんですか」

浅倉は乾よりも先に口を開いた。

「警察も誤解してるんじゃないか。確かに会員制だったが、別に秘密クラブなんかじゃないよ。噂《うわさ》になり始めたから去年の夏に廃業してしまったが、ちゃんとホームページを開設して会員を募《つの》ってたんだ」

「そうだったんですか。捜査本部の資料によると、秘密クラブと記されていましたが……」

「違う、違う！　捜査がずさんだな。入会金や会費が安くなかったから、各界でそれなりに成功した者しか入会できなかったようだけどね」

「そうなんですか」

「会員の中に真性《しんせい》のサディストやマゾヒストはいなかったんだ。誰もがＳＭごっこをして、ストレスを解消してただけなんだよ。六つのプレイルームには各種の責め具が用意されてたが、会員とＳ嬢やＭ嬢に扮《ふん》した女の子たちは芝居を愉《たの》しんでたんだ。本気で鞭《むち》を唸《うな》らせたり、亀甲縛《きっこうしば》りにしてたわけじゃない。もちろん、プレイルームで売春行為なんか行われてなかった。法的には何も問題はなかったはずだよ」

「しかし、捜査資料によると、入会金が五百万円で年会費が三百万円でしたね？」

「ああ、そうだったな。ただの勤め人には高額と思えるだろうが……」

「成功された方々にとっては、たいした金額ではない？」

「ま、そうだね」

「でも、SMプレイごっこじゃ、満足できないんじゃないっすか？」

乾が話に加わった。

「きみは何が言いたいんだっ。会員たちは真性のSやMだったんじゃないかと疑ってるようだな」

「そういう会員もいたんじゃないっすかね？」

「真性のSやMなんかいなかったんだっ」

「松坂さんはそうおっしゃってますけど、それを証明できるんすか？」

「店のオーナーだった男は、どの会員もノーマルだと言ってた。店の女の子たちも同じことを言ってたよ」

「そうだからって、真性のSやMはいなかったとは言い切れないでしょ？」

「そうなんだが……」

「松坂さんは、店の麻衣《まい》という娘《こ》をいつも指名してたようですね。麻衣こと奈良香澄《ならかすみ》、二十三歳は乃木坂《のぎざか》にあった『貴婦人の館』に去年の七月五日に出勤したきり、忽然《こつぜん》と消えてしまった」

「そうなんだってね。麻衣が急に失踪したんで、わたしはあらぬ疑いをかけられた。サディスティックに嬲《なぶ》って彼女を死なせてしまったのではないかと噂が流れたが、それは事実無根だよ。その夜、わたしはプレイ後、麻衣に見送られて『貴婦人の館』を出たんだ」

「残念ながら、それを裏付ける証拠映像はなかったんすよね」

「会員制クラブには防犯カメラが設置されてないんだよ。オーナーは会員のプライバシーを大事にしたいと考えてたからね。エレベーターホールには防犯カメラがあったんだが、麻衣は店から通路には出なかったんだ。それだから、彼女の姿が映ってなかったんだよ」

「捜査本部が乃木坂ビルの所有者から借り受けた防犯カメラには松坂さんは映ってたようですよ」

「繰り返すが、わたしは真性サディストなんかじゃない。したがって、麻衣をプレイルームで嬲り殺しにするはずないっ」

「あなたを疑ってるわけじゃないんですけど、麻衣が店を出て三階のエレベーターに乗り込んだ姿は映ってなかったんすよね。麻衣、つまり奈良香澄が失踪当夜、会員制ＳＭクラブを出たかどうか不明なんです」

「麻衣は特殊メイクの勉強をしてて、面白半分に別人に化けたりしてたんだ。失踪した晩も店内で特殊メイクをしてから、帰ったんじゃないのかね。そうなんだと思うよ」

「そうなんすかね」

「麻衣はその一カ月ほど前、別れた彼氏にしつこくつきまとわれて困ってると言ってたな。広尾《ひろお》のワンルームマンションは元交際相手に知られてるんで、友人の部屋に泊めてもらったり、ウィークリーマンションで過ごしてるとも洩らしてた。おそらく昔の彼氏が麻衣をどこかに連れ去って、監禁してるんだろう」

「捜査本部の連中は麻衣の血縁者に会って、交友関係を洗ったんすよ。身内の者の話では、麻衣には交際してた男なんかいなかったということでしたよ」

「おかしいな。なぜ麻衣は、わたしに嘘《うそ》をついたんだろうか」

松坂が腕を組んで、小首を傾《かし》げた。乾が上体を反《そ》らす。

「ストレートにうかがいます。去年の十一月下旬に撲殺されたフリージャーナリストの神崎陽一氏の取材を受けたことがありますね？」

浅倉は松坂の顔を見据《みす》えた。松坂が目を泳がせる。何か言いかけたが、言葉は発しなかった。

「われわれ支援班は、これまでの捜査資料に細かく目を通してるんですよ。正直に答えていただきたいですね」

「わかった。神崎というフリージャーナリストには、麻衣の失踪のことで取材を受けたよ。噂を信じてるようで、わたしが麻衣の失踪に深く関わってると思っていたようだったな。それから、会員たちが買春してるかどうかも知りたがってる感じだったよ」

「そうですか」

「きみらはわたしが麻衣をプレイルームで死なせ、そのことを知った神崎を殺害したと疑ってるんだなっ。そうなんだろう？」

「捜査本部の中には、そう推測した者もいました。しかし、神崎陽一氏が殺された夜、あなたは取引先の大手企業の役員たちと紀尾井町《きおいちょう》の料亭で会食されてた。アリバイはあるわけですが、意地の悪い見方をすれば……」

「第三者にフリージャーナリストを撲殺させた？」

「ええ、そう疑えないこともありませんよね」

「無礼なことを言うな！　わたしは、かえで銀行の副頭取なんだぞ。人殺しなんかするわけないじゃないかっ。帰れ、帰ってくれ！」

松坂が憤然《ふんぜん》と立ち上がり、執務机に歩み寄った。浅倉たちは苦笑し合ってから、副頭取室を辞した。

かえで銀行の本店を出て、裏通りまで歩く。コンビは路上に駐めたスカイラインに乗り込むと、それぞれ捜査資料のファイルを開いた。

「リーダー、松坂は少し臭いっすね。でも、いま張りついてもボロは出しそうもないな」

「そう思うよ。関東電力に抱き込まれてマスコミで原発再稼働の必要性をアピールしつづけてる評論家の中里敬太郎《なかざとけいたろう》、五十七歳は多額の講演料や対談謝礼を貰ってただけじゃなく、ゴルフの会員権も相場の十分の一で電力会社の相談役から譲《ゆず》り受けてた。通信社の元社会部デスクで某国立大の客員教授もしてるいるから、収賄《しゅうわい》容疑で起訴されてもおかしくはないんだが、問題のゴルフ会員権は関東電力の相談役が買い戻してる」

「そうっすね。で、東京地検特捜部は中里を検挙《アゲ》なかった。有力者が特捜部に圧力《アツ》をかけたんでしょ？」

「だろうな。硬骨漢の神崎は、中里の収賄の裏付《ウラ》けを取ろうと身近を嗅《か》ぎ回ってた。捜査本部《チョウバ》はそこまで調べ上げたんだが、神崎殺しについては中里はシロだと判断した」

「事件当夜、中里にはれっきとしたアリバイがあったっすからね。その晩、中里はテレビの生《なま》討論番組にゲスト出演してたわけだから、てめえの手を汚してないことは間違いないっすよ」

「そうだな」

「けど、中里が実行犯を雇《やと》ったとも考えられるっすよね？」

乾が言った。

「そうなんだな。捜査資料に中里の携帯かスマホのナンバーも書いてあったんじゃないか」

「ええ、記されてました」

「反則技を使って、中里敬太郎にちょっと揺さぶりをかけてみよう」

浅倉は懐《ふところ》から私物のスマートフォンを取り出した。捜査資料を見ながら、原発推進派の評論家に電話をかける。

スリーコールで、通話可能状態になった。

「はい、中里です。どなたでしょう？」

「あんたの依頼で殺人《コロシ》をやった男の代理人だよ。名前まで教えられないがな」

浅倉は作り声で言った。

「いたずら電話だな。わたしが誰かに人殺しを頼んだって⁉　くだらんことを言うなっ」

「おれの友達《ダチ》はあんたに頼まれて、去年十一月二十七日の夜、フリージャーナリストの神崎陽一を金属バットで撲殺したとはっきりと言った。あんたは関東電力に講演料や対談謝礼をたっぷり貰って、原発は火力発電よりもコストが安いとマスコミでアピールしつづけ、相談役から名門ゴルフ場の会員権を超安値で譲ってもらった」

「そ、そんなことまでどうして知ってるんだ⁉　おい、きみは何者なんだ？」

「黙って聞け！　神崎は、あんたを収賄容疑で刑事告発したかったんだろうな。あんたはそんなことをされたら、身の破滅だとビビった。で、安く手に入れたゴルフ会員権を関東電力の相談役に買い戻してもらった。そして、有力者に東京地検に圧力をかけてもらい、起訴されることを免《まぬが》れた」

「………」

「肯定の沈黙だな？」

「そうじゃない。まったく身に覚えのないことを言われたんで、面喰《めんく》らってしまったんだ」

中里が叫ぶように言った。

「ま、いいさ。こっちは、あんたの急所を握ってる。さて、本題に入るぜ。おれの友人は殺しの報酬が少ないと感じて、あと一千万円欲しいと言いはじめたんだ。関東電力に泣きつけば、そのくらいの金は工面《くめん》してくれるんじゃないのか。いずれ関東電力と手を組んで、太陽エネルギーや地熱で発電事業をやってる会社をぶっ潰す気なんだろうが？」

「わたしは関東電力と癒着してるわけじゃない。原発が百パーセント安全とは言わないが、火力、水力、地熱その他のエネルギーに頼るよりはずっと効率がいいんだ。コストも安いんだよ。火力発電に頼ったら、高い油を輸入しつづけることになる。その結果、日本の景気はなかなか回復しないだろう」

「国の将来のことを考えて、原発再稼働を強く訴えてると言いたいわけか」

「そうなんだ。抱き込まれてなんかいないよ、わたしは」

「あんたはそう言うが、癒着してるとしか思えない。追加の一千万円を出さなきゃ、おれの友達《ダチ》はあんたに頼まれて神崎陽一を始末したことをマスコミ各社に教えると言ってる」

「好きにすればいいさ。わたしは誰にも人殺しなんか依頼してない」

「しぶといな。友人と相談して、また連絡するよ」

浅倉は電話を切った。すると、乾が早口で問いかけてきた。

「中里の心証はどうなんす？」

「シロだろうな。いろいろな鎌をかけてみたが、中里は神崎の件では少しも狼狽《ろうばい》しなかった。もし誰かに神崎を亡き者にさせたんなら、うろたえたはずだ」

「そうでしょうね。中里は関東電力とずぶずぶの関係なんだろうが、東京地検にも捕まらなかった。収賄で起訴される心配はなかったんだから、わざわざ神崎を消す気にはならないだろうな」

「中里はシロと断定してもよさそうだ」

浅倉は私物のスマートフォンを懐《ふところ》に戻した。

その直後、芳賀真紀から電話がかかってきた。

「狭心症で倒れられたお父さんの容態《ようだい》はいかがです？」

「まだ集中治療室《ICU》に入ってるんだが、命に別条はないんだ」

浅倉は後ろめたさを覚えながら、言い繕《つくろ》った。そうした作り話をして、『オルフェ』を先に出たのだ。その際《さい》、互いの連絡先を教え合っていた。

「それはよかったわ。お父さんが退院されたら、電話をいただけます？　わたし、浅倉さんとまた一緒に飲みたくなったんです」

「こっちも、そう思ってたんだ。親父がＩＣＵから一般の病室に移ったら、電話をするよ。一週間も経てば、ＩＣＵからは出られるだろう。ハントバーで待ち合わせるのもなんだから、ホテルのティールームかグリルで会おうよ」

「そうしましょうか。電話、待っています」

真紀が電話を切った。浅倉は、スマートフォンを懐に仕舞《しま》った。

「ハントバーで知り合った女性からの電話みたいっすね？」

「そう。電話の相手を口説《くど》きはじめたとき、立花さんから呼集があったんだよ」

「そういうときは、なんか悔しいっすよね。おれも任務中に綾乃から誘いの電話がかかってきたりすると、切ない気持ちになるっすよ」

「乾、彼女の内縁の旦那《だんな》が出所するのはいつなんだ？」

「石堂謙治《いしどうけんじ》が仮釈で出てくるのは一年半後でしょうね。石堂には組対《そたい》四課時代によく捜査に協力してもらったから済まないと思うけど、おれ、綾乃に惚《ほ》れちゃったんでね」

「石堂がシャバに出てきたら、どうするつもりなんだ？」

「その前に綾乃とは切れるつもりなんすけど、別れられるかどうか。綾乃は石堂にヤキを入れられる覚悟で、別れ話を切り出すつもりだと言いはじめてるんすよ」

「おまえらが本気で離れたくないと思ってるんなら、おれが石堂に話《ナシ》をつけてやるよ。関《かん》東桜仁会的場組《とうおうじんかいまとばぐみ》の若頭補佐はおまえに虚仮《こけ》にされたわけだから、黙っちゃいないかもしれないな。おまえら二人を殺る《や》気になったら、おれが必ず逃がしてやる」

「リーダーに迷惑かけるわけにはいかないから、自分でけじめをつけるっすよ。ただ、おれは多情だから、そのうち綾乃に飽《あ》きちゃうかもしれないな。先のことはわからない。なるようになるでしょう」

乾が豪快に笑った。

浅倉も頬《ほお》を緩《ゆる》めた。口許を引き締めたとき、元ＳＰの宮内から連絡があった。

「『世相ジャーナル』の日置編集長をはじめ数人の雑誌編集者に会ったんですが、新たな手がかりは得られませんでした」

「そうか。で、いまは？」

「神崎宅を訪ねたんですが、奥さんは買物に出かけたようなんですよ。東中野《ひがしなかの》の自宅マンションの近くで、神崎亜希の帰るのを待ってるんです。そちらはどうでした？」

「かえで銀行の松坂副頭取はシロかどうか判断がつかないが、評論家の中里敬太郎は神崎の事件には関わってなさそうだ」

浅倉はそう前置きして、経過を詳しく喋った。

「そういうことなら、中里はシロなんでしょう。捜査本部は興行プロモーターの間弓彦が格闘技の八百長試合を仕組んで賭博《とばく》でかなりおいしい思いをしたと睨《にら》んでましたでしょ？」

「資料には、そう記述されてたな。しかし、実際に八百長試合が行われ、賭博で億単位の金が胴元に入ったという裏付《ウラ》けは取れてない。大方の予想ではオーストラリア人のベテラン選手が急成長中の日本人選手に圧勝すると思われてたが、勝敗は逆だった。その試合をテレビで観戦した捜査員は、ジョン・マッカートニーが故意に片岡勇也《かたおかゆうや》に負けたように感じたと言ってたらしいが……」

「八百長と試合絡《がら》みの大がかりの賭博をやったのが間弓彦だという証拠は押さえられなかったんですよね」

「捜査資料通りなら、そうだな。しかし、神崎は両方の裏付《ウラ》けを取ったのかもしれないぞ」

「そうだったとしたら、神崎の事件には間弓彦が関与してる疑いがありますね」

宮内が言った。

「これから乾と赤坂《あかさか》にある間のオフィスに行ってみるよ」

「わかりました。わたしたち二人は神崎亜希に会ったら、ひとまず桜田門《さくらだもん》に戻ります。リーダー、問題ありませんね?」

「ああ、そうしてくれ」

浅倉は通話内容を乾にかいつまんで伝え、覆面パトカーを赤坂に向かわせた。

間弓彦が代表になっている『サンライズ・プランニング』はカナダ大使館の裏手にあるはずだ。

「正攻法じゃ、新事実は引き出せないんじゃないっすか」

乾がハンドルを捌《さば》きながら、大声で言った。

「そうだな。強請屋《ゆすりや》に化けて、興行プロモーターの事務所に乗り込もう」

「了解っす」

「きょうはどっちも丸腰だが、拳銃を持ってる振りをしよう。それから、二人とも色の濃いサングラスをかけたほうがいいだろうな」

「そうっすね。違法捜査をするとき、おれ、わくわくしちゃうんすよ。不良上《ヤンキー》がりの刑事《デカ》のせいっすかね」

「おれも反則技を使うときは、なんか愉《たの》しくなるよ。法の番人がこれじゃいけないんだがな」

浅倉は自嘲《じちょう》した。

『サンライズ・プランニング』に着いたのは数十分後だった。オフィスは五階にある。コンビはサングラスで目許《めもと》を覆ってから、スカイラインを降りた。雑居ビルの五階に上がり、乾が先に押し入った。

「代表の間弓彦はどこにいる?」

「騒いだら、撃ち殺すぞ」

浅倉は懐に手を突っ込み、事務所内に躍《おど》り込んだ。事務机が六卓据えてあったが、二人の女性事務員しかいなかった。

片方の女性が怯《おび》えた顔で奥を指さした。もうひとりはフロアに坐り込んでしまった。いまにも泣きだしそうだ。

「一一〇番なんかしたら、二人の顔面をマグナム弾でミンチにしちまうぞ」

乾が威《おど》した。

浅倉は先に奥に向かった。ノックなしでドアを押し開ける。ソファに六十代の男が坐り、総合格闘技誌のグラビア頁《ページ》を繰っていた。なぜか、両手に白い布手袋をしている。

「大声を出したら、あんたをシュートすることになるぞ。間弓彦だな?」

「そうだが、何者だ?」

「自己紹介はできない。いろいろ危《ヤバ》い橋を渡ってきたからな」

「やくざ者には見えないが、仲間は組員風だな」

「おれたちは恐喝《きょうかつ》で喰ってる。あんたはジョン・マッカートニーと片岡勇也の試合で八百長をやらせ、賭博の胴元として荒稼ぎした。予想通りにオーストラリア人格闘家が勝つと思った客が多かったからな。あんたは片岡が勝つほうに別人名義で賭け、テラ銭のほかにも多額の銭を得たはずだ」

「おれたちに儲《もう》けの半分を寄越さねえと、マグナム弾でおたくの頭を吹っ飛ばすぜ」

社長室に飛び込んできた乾は、懐に手を入れたままだった。

「おたくらは、新興プロモーターが流したデマに引っかかったな。土屋圭吾《つちやけいご》という元芸能プロの社長がわたしと同じビジネスをはじめるんで、マスコミやフリージャーナリストにフェイクニュースを流して、こっちの信用を失《な》くそうと画策したのさ」

「本当なのか?」

浅倉は間に近づいた。

「作り話じゃない。わたしは八百長試合なんか仕組んでないし、賭けの胴元もやってない。試合のあった日、ジョン・マッカートニーは風邪で微熱があったんだ。それをセコンドに隠してリングに上がったんで、格下の片岡に負けてしまったんだよ。新聞社やテレビ局はデマに振り回され、神崎とかいうフリージャーナリストはしばらくわたしの身辺を探ってた」

「おれがキャッチした情報によると、そのフリージャーナリストを葬《ほうむ》ったのはあんただと……」

「それも中傷さ。神崎という男が殺された後、捜査本部がわたしの動きを調べてた。警察までデマに踊らされたにちがいない」

「土屋って男の連絡先は？」

「わからんよ。東京にはいないようだな」

「あんたは間弓彦と称してるが、本当は別人なんじゃないのか？」

「妙なことを言うね。わたしが当の本人だよ。だいぶ昔に身内と揉めて、わたしは誰にも何も言わずに自ら姿をくらましたんだ。親兄弟と音信不通のまま長い時間が流れて、親類の者がわたしを戸籍から抹消してしまったんだよ。復籍の手続きはしてないが、わたしが間弓彦本人さ」

「無戸籍では生きにくいだろうが？」

「なあに、金さえ出せば名義を貸してくれる人間はいくらもいる」

「あんた、いつも布手袋をしてるのか」

「わたしにはひどい金属アレルギーがあって、手を晒《さら》していると、皮膚が炎症を起こしてしまうんだよ」

「そんなに肌が弱いようには見えないぜ」

乾が言った。

「そう見えないかもしれんが、そうなんだよ」

「怪しいな。あんた、前科を隠すために間弓彦になりすましてるんじゃないか。終戦後、空襲で生死のわからない幽霊戸籍をかっぱらう前科者がたくさんいたらしいからな」

「わたしが過去にとんでもない悪事を働いたと疑ってるのか？」

「そんなふうに怪しまれても仕方ないほど、あんたは胡散《うさん》臭い」

「それほどの悪人じゃないよ。格闘技が好きな変わり者だがね。とにかく、わたしを強請《ゆす》ろうとしても無駄だ。二人とも引き取ってくれ。腹いせにわたしを撃ちたければ、引き金を絞ればいいさ」

「どうやら失敗《ドジ》を踏んだらしい」

浅倉は相棒に目配《めくば》せして、先に社長室を出た。

第二章　怪しい美人妻

1

エレベーターが一階に着いた。

浅倉・乾班は雑居ビルを出て、路上駐車中のスカイラインに乗り込んだ。

「リーダー、少し間弓彦に張りついてみたほうがいいんじゃないっすか。いつも布手袋をしてるのは、素姓《すじよう》を隠したいからなんだと思うな」

巨漢刑事が言った。

「確かに怪しいおっさんだよな」

「警察の事情聴取に応じようとしなかったのは、身許《みもと》が割れることを恐れてるからなんじゃないっすか？　あのプロモーターは前科《マエ》が五つか六つあるんじゃないのかな。そんな気がするっすね」

「そうかもしれないな。しかし、捜査資料によると、間弓彦が八百長試合を仕組んでた証拠は得られなかった。大がかりな賭博《とばく》の胴元だったという裏付《ウラ》けも取れなかったんで、神崎殺しには絡んでないと断定した」

「捜査本部の調べが甘かったんでしょ？　間は、神崎が身辺を嗅《か》ぎ回ってることを認めたんです。殺されたフリージャーナリストは、デマに踊らされたわけじゃないでしょ？」

「神崎陽一は間弓彦が八百長試合を仕組んで賭博で荒稼ぎしたという感触を得てたんだろうか」

浅倉は小声で呟《つぶや》いた。

「そうなんじゃないっすか。八百長絡《がら》みの賭《か》け事に各界の著名人なんかが関《か》わってたのかもしれないっすよ。大物政治家や高級官僚も賭けてたんなら、スクープ種《だね》になるでしょ？」

「そうだな」

「国の舵取《かじと》りをしてる奴らが違法賭博に熱中してるのを暴くことで、神崎陽一はこの社会が病んでる事実を多くの人たちに知ってほしかったんじゃないっすかね」

「そうなんだろうか」

「ジョン・マッカートニーと片岡勇也は試合をプロモートした間弓彦に八百長を持ちかけられたことはないと事情聴取の際《さい》、きっぱりと言い切ったと調書に記録されてたけど

「……」

「事実を警察関係者に喋《しゃべ》ったら、二人とも間弓彦に消されるかもしれないとビビってしまったんではないかってことだな？」

「そうっす。二人の格闘技選手は賭けのことは知らなかったのかもしれないっすけど、八百長の件は間に持ちかけられたんじゃないのかな。ジョン・マッカートニーは総合格闘技で四年連続で優勝してきた男っすよ。片岡勇也は全勝してるけど、デビューして二年そこそこなんです。マッカートニーが本気でファイトしたら、負けっこありませんよ」

「ジョン・マッカートニーは何かサイドビジネスで失敗して、大きな負債を抱え込んでたんだろうか。そうだとしたら、八百長の話に乗ってしまうかもしれないな」

「大学の後輩が『東都スポーツ』で記者をやってんすよ。そのあたりのことをそいつに訊《き》いてみるっすね」

乾が懐から刑事用携帯電話《ポリスモード》を摑《つか》み出し、手早く数字ボタンを押した。

浅倉は煙草《たばこ》をくわえた。一服し終えたとき、相棒が電話を切った。

「マッカートニーはメルボルンで実弟に高級レストランの経営を任《まか》せてたらしいんですが、その店は去年の五月に潰《つぶ》れてしまったそうっす。負債額は日本円にして、二億数千万円もあるらしいんですよ」

「総合格闘技のチャンプはでっかい借金を抱えてたのか。そういうことなら、八百長試合で申告しなくてもいい大金を得ようと考えるかもしれないな」

「リーダー、ジョン・マッカートニーは借金を返したくて、片岡の試合の興行権を持ってる間弓彦と裏取引する気になったんじゃないっすか?」

「マッカートニーは、いま日本にいるのかな?」

「八月に行われた試合の後は、ずっと母国のオーストラリアにいるそうっす。金策で駆けずり回ってるんじゃないっすかね」

「そうなんだろうな」

「片岡勇也は千駄ヶ谷《せんだがや》にある所属ジムで毎日、トレーニングに励《はげ》んでるそうっす。ジムのオーナーは、もちろん間弓彦っすよ」

「すぐにマッカートニーに探りを入れるわけにはいかないから、そのジムに行ってみるか。乾、住所はわかってるのか?」

「ええ、後輩に教えてもらいました。千駄ヶ谷二丁目で、千駄谷小学校の斜め裏あたりにあるそうっす」

「そうか。ジムに向かってくれ」

浅倉は指示した。乾が覆面パトカーのエンジンを始動させ、穏《おだ》やかに発進させた。

目的のジムに着いたのは二十数分後だった。鉄筋コンクリート造りで、二階建てだ。建物は大きかった。一階にジムと事務所がある。

相棒はジムの専用駐車場にスカイラインを入れた。浅倉たちは事務所に直行し、広報係の若い男に正体を明かした。

「所属選手が何かまずいことをしたのでしょうか？」

杉江《すぎえ》と名乗った男が不安顔で浅倉に訊《き》いた。

「そういうことじゃないんだ。片岡勇也選手に確かめたいことがあるんですよ。トレーニング中なんだろうね？」

「そうですが、十分や十五分なら、支障はありません。すぐに片岡を呼んできますので、応接コーナーでお待ちいただけますか」

「そうさせてもらうよ」

浅倉は、ドアのそばに置かれたソファセットに足を向けた。乾がすぐに肩を並べる。

杉江は事務所を出て、ジムに走った。浅倉たちは布張りのソファに腰かけた。並ぶ形だった。

少し待つと、杉江がトレーニングウェア姿の片岡勇也を伴《ともな》って引き返してきた。片岡がスポーツタオルで額《ひたい》の汗を拭《ぬぐ》って、浅倉たちに目礼した。会釈《えしやく》を返す。

「わたしとトレーナーの尾形《おがた》も同席させていただきたいんですよ。いまや片岡は看板選手ですので」

杉江が言った。

「別に片岡さんが問題を起こしたわけじゃないんで、本人とだけ話をさせてもらいたいんだ」

「ですが……」

「そうしてくれないか」

浅倉は譲らなかった。広報担当の杉江が渋面《じゅうめん》で自席に足を向けた。

片岡が浅倉の正面に坐った。浅倉は無言で片岡の顔を直視した。かたわらの乾も、射《い》るような眼差《まなざ》しを向けている。

「二人とも、そんな怖《こわ》い顔で見ないでくださいよ。おれ、何も悪さなんかしてないですよ。中学んときに煙草《たばこ》と酒の味を覚えたんですけど、このジムに十九で入門してからはどっちもぴたりとやめたんです。高校生のころはよく喧嘩《けんか》したけど、相手に大怪我《おおけが》を負わせたことはない。まさか昔の悪さが問題になったわけじゃないですよね？」

片岡が二人の来訪者を交互に見た。先に応じたのは乾だった。

「そうじゃないよ。去年の八月、きみは伝説を作ったな。二十四歳の若さで、総合格闘技界の頂点に立ったんだから、たいしたもんだ」

「運がよかったんですよ。対戦相手は世界最強のジョン・マッカートニーだったから、まさか勝てるとは思わなかったな。ファイナルラウンドまで保《も》たないかもしれないという不安もありました」

「大方の予想は、そうだったんだろうな。しかし、きみはマッカートニーをマットに沈めた。大変な番狂わせだったよ。ジムの会長で試合をプロモートした間さんは大喜びしただろうな」

「ええ、すごく喜んでくれましたね。おれ、いいえ、ぼくはラッキーだったんですよ。試合当日、ジョン・マッカートニーは体調がよくなかったみたいなんです。第一ラウンドから、動きにシャープさがありませんでした」

「そう」

「試合後にトレーナーから聞いたんですけど、マッカートニーは熱があったのに、無理してリングに立ったらしいんです。新人のぼくに負けるわけないと高を括《くく》ってたんでしょう」

「そうなのかな」

「第二ラウンドで十字固めに持ち込まれそうになったときは焦《あせ》りましたけど、蹴《け》りもパンチもたいして貰わなかったんです。それだから、連続ハイキックでチャンプを倒せたんですよ。相手のコンディションがよかったら、こちらが敗者になってたでしょうね」

「気を悪くするだろうが、知り合いのスポーツ紙の記者は八百長試合だったんじゃないかと疑ってた」

「八百長なんかじゃありませんよっ。何を根拠にそんなことを言いだしたのかな」

「ジョン・マッカートニーがメルボルンで弟に経営を任せてた高級レストランは、日本円で二億数千万円の負債を抱えて倒産してしまったんだ、去年の五月だったかにね」

「その話は知りませんでした。でも、マッカートニーはこれまでに数十億円のファイトマネーを稼いだという話だから、そのぐらいの負債はどうってことないでしょ？」

片岡が言って、首に掛けていたスポーツタオルを外した。

「プロのスポーツ選手はたくさん稼いでも豪邸やクルーザーなんかを購入して贅沢《ぜいたく》な生活をしてるんで、案外、貯《たくわ》えは少ないんじゃないの？ 金のかかる愛人を作ったり、取り巻き連中に派手に奢《おご》ったりしてれば、金はどんどんなくなるじゃないか」

「それはそうかもしれないけど……」

「きみがジョン・マッカートニーに勝ったことを不思議がってる連中は大勢いるんだよ。ほかの格闘技団体の選手たちの多くも首を捻《ひね》ってるな」

「でも、おれ、いや、ぼくが勝ったんです！」

「そう興奮しないでくれないか。少し気を鎮《しず》めてほしいな」

浅倉は片岡をなだめた。

「ぼくは八百長の疑いを持たれたんですよ。冷静でいられないでしょ！ 不愉快だな」

「きみが知らないところで、実は八百長が仕組まれたのかもしれないんだ。試合をプロモートした間さんがジョン・マッカートニーに二億数千万円の負債を肩代わりしてやるから、きみに勝たせてくれと頼んだんではないかという噂《うわさ》があったことは事実なんだよ」

「そ、そんな⁉」

「そういう噂が広まってもおかしくないほどの番狂わせだったんだ。そのことは、きみも認めるだろ？」

「ええ、まあ。でも、間会長は二億数千万のほかに選手二人のファイトマネーを用意しなければならないんですよ。ぼくのファイトマネーはたいして高くないけど、ジョン・マッカートニーには一億五千万円以上のファイトマネーを払わなきゃならないんです」

「そうだろうな。しかし、興行収入のほかにテレビ放映権もプロモーターに入る」

「総合格闘技ブームのころはプロモーターに巨額のテレビ放映権が転《ころ》がり込んだようですけど、下火になってからは数千万円しか入らなくなったみたいですよ。チーフトレーナーがそう言ってましたから、それは事実だと思うな。間会長はお金のことで愚痴《ぐち》ったことはありませんけどね」

「ついでに話してしまおう。間弓彦は去年の八月の試合の八百長を仕組んだだけではなく、勝敗を巡《めぐ》る賭けの胴元だったという噂もあるんだよ」

「えっ」

片岡が絶句した。

「予想を覆《くつがえ》す結果になれば、胴元は潤《うるお》うことになる。マッカートニーが勝つと読んだ客には金を払い戻す必要はないわけだから。別人名義で片岡選手が勝つほうに大きく賭けておけば、その分の払い戻し金も入る。ジョン・マッカートニーに多額のファイトマネーを払って、さらに二億数千万円の負債を肩代わりしてやっても充分に儲《もう》けられる計算になるな」

「だからといって、格闘技をこよなく愛してる間会長が八百長なんか仕組むわけはありませんよ」

「そうかな」

「これから赤坂の『サンライズ・プランニング』に一緒に行きましょうよ。この時刻なら、間会長はオフィスにいると思いますんで」

「実は、ここに来る前に間会長に会ってきたんだ。それで、探りを入れてみたんだよ」

「会長はどう言ってました？」

「八百長試合なんか仕組んでないし、勝敗を巡る賭けの胴元でもないと怒《いか》ってたよ」

「当然ですよ。あらぬ疑いをかけられたら、誰だって怒るでしょ！」

「間会長は、土屋圭吾という新興のプロモーターが自分を窮地に立たせようとデマを流してるんだろうとも言ってたな。その土屋という男のことで、何か聞いてないか？」

「チーフトレーナーの話だと、土屋という奴は芸能プロの社長時代に外タレを招いて音楽関係のプロデュースをやってたんだけど、ギャラの未払いで告訴されたそうです。そのときに過去の詐欺の件が発覚して、一年半ぐらい刑務所に入ってたらしいですよ」

「そうなのか」

「刑務所で知り合った名古屋《なごや》の大物やくざをスポンサーにして、格闘技の興行をやるようになったという話だったな。でも、実績がないから、大きな興行は打てないんでしょうね。だから、裏社会とは繋《つな》がってない間会長を業界から閉め出そうと画策して、デマを流したんじゃないのかな」

「そのへんのことを調べてみるよ。トレーニング中に邪魔をしたね。ありがとう」

浅倉は肘《ひじ》で乾の脇腹をつつき、先にソファから立ち上がった。乾が慌《あわ》てて腰を上げる。

二人は事務所を出て、覆面パトカーの中に入った。浅倉は相棒に顔を向けた。

「少し走ってから、車を路肩に寄せてくれ。片岡がチーフトレーナーに聞いたという話が事実なら、土屋圭吾は服役したはずだ。A号照会で新興プロモーターの犯歴を調べれば、刑務所で親しくなったという名古屋の大物やくざもわかるかもしれない」

「リーダーは、土屋って野郎が名古屋の筋者の世話になってるんじゃないかと推測したんですね？」

「そうだ」

「読みは当たってそうだな」

乾がスカイラインを走らせはじめた。数百メートル先で、覆面パトカーはガードレールに寄せられた。

浅倉は端末を使って、土屋圭吾の犯歴を照会した。四十九歳の土屋は芸能プロの社長時代に新人タレントの父親から娘の映画出演の根回しに必要だと嘘《うそ》をつき、六千万円を騙《だま》し取った罪で刑に服した。ギャラの未払いで告訴されていたアメリカのロックグループとは示談が成立したようで、法の裁きは受けていない。

元暴力団係の乾が愛知《あいち》県警の知人に電話をかけ、土屋と同時期に名古屋刑務所に入っていた地元の大物やくざを割り出してもらった。

刑務所仲間は、中京会梅川組《ちゅうきょうかいうめかわぐみ》の若頭を務めている笹森篤《ささもりあつし》だった。五十三歳で、梅川組の金庫番らしい。

乾は、土屋と笹森の顔写真を送信してもらった。梅川組は中村《なかむら》区にあるそうだ。

「勝島の秘密射撃場で武装してから、名古屋に向かうぞ」

「土屋が間を陥《おとしい》れようとしたかどうか、確かめに行くんすね？」

「そうだ」

「笹森は護身銃を隠し持ってるだろうから、丸腰じゃ危《ヤバ》いもんな。武装すべきでしょうね。品川に向かうっす」

巨漢刑事がスカイラインを走らせはじめた。

浅倉は懐から刑事用携帯電話《ポリスモード》を取り出した。立花班長に今後の予定を報告する必要があった。

2

ガンロッカーの扉を開く。

棚には各種の拳銃《ハンドガン》が収めてある。扉の内側のフックには、ショルダーホルスターやインサイドホルスターが掛けてあった。勝島の秘密射撃場だ。

浅倉はタートルネック・セーターの上にショルダーホルスターを着用してから、グロック32を選び取った。

オーストリア製のコンパクトなピストルだ。全長は十七センチ四ミリしかない。

浅倉は銃把《グリップ》から、弾倉を引き抜いた。複列式弾倉《ダブルコラム・マガジン》には十五発の実包が詰まっている。マガジンによって、装弾装は十、十三、十五発と異《こと》なる。スライドを引いて予《あらかじ》め初弾を薬室に送り込めば、それぞれフル装塡《そうてん》数は一発プラスされる。

浅倉はマガジンを銃把の中に押し込み、ホルスターに収めた。

それから、テイザーガンを手に取る。アメリカの警察官は、テイザーガンを携行している。だが、日本では使用が禁じられていた。しかし、武装捜査班は特別に使うことが認められている。むろん、非合法だ。

浅倉はテイザーガンをベルトの下に差し入れ、コートを羽織《はお》った。ガンロッカーから離れる。相棒の乾が銃器を選ぶ番だ。巨漢刑事は少し迷ってから、USソーコム・ピストルを摑み上げた。

USソーコムとは、一九八七年四月に米国国防省に設置された特殊作戦司令部のことだ。陸海空の特殊部隊が一本にまとめられ、USソーコムの指揮下に入った。

USソーコム・ピストルは、ドイツのH《ヘッケラー》&K《コッホ》社製である。四十五口径を使用する半自動拳銃で、五十メートル離れた標的も狙《ねら》える。射程距離は既製拳銃のほぼ倍だ。消音器も装着可能だった。マガジンには十二発入る。

乾がUSソーコム・ピストルをショルダーホルスターに滑り込ませ、消音器をコートのポケットに入れた。

「USソーコムは反動《キック》が大きいから、気をつけろよ」

浅倉は助言した。

「大丈夫っすよ。元SPの宮内さんにグリップをしっかり握ってれば、反動は抑《おさ》えられると教わったすから。それから、肩の力を抜けば、銃身のぶれはなくなるともアドバイスしてもらったし。といっても、宮内さんみたいに命中度は高くないっすけど」

「乾、なるべくサイレンサーを使うようにしろよ」

「わかってます。リーダー、電子麻酔拳銃を持ってきますよ、一応ね。いいでしょ？」

乾が許可を求めた。浅倉は同意した。乾が電子麻酔拳銃を掴み上げる。

電子麻酔拳銃の引き金を絞ると、強力な麻酔液を含んだダーツ弾が発射される。その先端は鏃《やじり》のような形状だ。

標的に当たると、自動的に約二十五ミリリットルのキシラジンが注入される。全身麻酔薬だ。個人差もあるが、人間は十数秒で意識を失ってしまう。羆《ひぐま》やライオンも一分以内には昏睡《こんすい》状態に陥《おちい》る。

有効射程距離は約二百メートルだ。火薬は使われていない。したがって、銃声が響くことはなかった。FBIが開発した特殊銃だ。マガジンには、七発のダーツ弾が収まる。

乾は電子麻酔拳銃をベルトの下に挟むと、ガンロッカーの扉を閉めた。そして、横のスチールロッカーから二着の防弾《ボディー・アーマー》・防刃胴着を掴み出した。

ボディー・アーマーの主な材質は、強靱《きょうじん》なアラミド繊維だ。それも三層に織り込まれている。

引っ張り強度は、鉄の十倍近い。秒速四百二十三メートルの四十四口径マグナム弾でも貫通しない。被甲弾など特殊な加工がしてある銃弾も阻止できるはずだ。

従来の防弾胴着は刃物に弱かった。その欠点を補ったのが、ナイロンの小片を重ねた鎧《よろい》状《じょう》の網だ。さらに網の下は、厚さ五ミリの特殊ゴム層になっている。

どんな刃物も撥《は》ね返す。大鉈《おおなた》や斧《おの》でも裂けることはなかった。チームが使用しているボディー・アーマーは防弾・防刃を兼ねながら、三・四キロと軽い。特注品だ。安くはないが、それだけの価値はある。

「乾、今回はボディー・アーマーは必要ないだろう。チームの誰かが中京会梅川組の組事務所に監禁されてるわけじゃないからな」

「そうっすね。名古屋のヤー公どもと銃撃戦を繰り広げることにはならないな」

「ロッカーに戻しといてくれ」

浅倉は言った。乾が二着のボディー・アーマーをロッカーの中に収め、扉を閉めた。

そのとき、浅倉の刑事用携帯電話《ポリスモード》が着信音を響かせた。ポリスモードを取り出す。発信者は蓮見玲奈だった。

「神崎亜希は、まだ帰宅しないのか？」

浅倉は問いかけた。

「いいえ、三十分ほど前に自宅に戻りました。両手にデパートの紙袋を提《さ》げてね。中身は亜希の衣類でした」

「悲しみにくれてばかりいられないので、気分転換にショッピングに出かけたのか。それとも、夫の死はさほど重くなかったのだろうか。捜査資料によると、夫婦仲はよかったはずだがな」

「リーダー、神崎夫婦は仲よさそうに演じてたのかもしれませんよ」

「仮面夫婦だったかもしれないと言うのか」

「ええ、そうだったんじゃないのかしら。宮内さんとわたしは被害者宅に上がらせてもらって、故人に線香を手向《たむ》けたんですよ。神崎陽一の遺影は埃《ほこり》に塗《まみ》れてましたし、供物《くもつ》も少なかったですね。花も枯れはじめてたんですよ」

「もしかしたら、とうに夫婦仲は冷えてたんだろうか」

「わたしは、そう感じました」

「蓮見、待てよ。亜希は悲しみが深くて、ずっと放心状態だったのかもしれないぞ。気分転換でもしないと、後追い自殺をしかねないほど沈んでたんで……」

「夫が殺害されたわけですから、奥さんの悲しみはとても深かったでしょう。自分を支えられなくなりそうになったときもあるかもしれません。それだからといって、自分の洋服をたくさん買い込む気にはならないでしょ？」

「宮内はどう言ってる？」

「被害者夫婦の仲はよくなかったんではないかと……」

「そうか」

「リーダー、奥さんは誰かと不倫してたとは考えられませんでしょうか。神崎陽一は硬骨なフリージャーナリストでしたようですから、奥さん孝行はあまりしてなかったのかもしれませんよ。旦那が仕事一途《いちず》で、自分に関心を失ったと感じたら、女って傷つくんですよ。たとえば、髪型を変えたのに、そのことにパートナーが気がつかなかったり、新しい服を着ても何も言ってくれなかったりするとね」

「つき合ってる化学技官は〝変化〟に気づかないで、蓮見を怒らせたことがあったようだな」

「わたしは一般論を言ったんです。そんなに鈍感な男なら、とっくに別れてます」

「のろけてるのか？」

「そう受け取られちゃうんですね。わたし、そんな気はなかったんですけど」

玲奈が弁解した。

「ま、いいさ。話を元に戻すぞ。確かに仲がいい夫婦だったら、納骨前に未亡人が自分の衣服を買いにデパートまで出かける気にはなれないだろうな」

「ええ、そう思います。宮内さんも、同じことを言ってました」

「そうか」

「臆測《おくそく》で物を言ってはいけないんですけど、神崎亜希が不倫してたとしたら、その相手の男が被害者を撲殺したとも疑えるんじゃありません？」

「そうだったとしたら、亜希は自分が疑われないよう被害者と睦《むつ》まじい振りをしてたことになるな」

「ええ」

「女は必要とあらば、平気で芝居をするとよく言われてる」

「リーダー、それは偏見ですよ。性別に関係なく、嘘をついたり、演技をする人間がいるだけでしょ？」

「そうだな。蓮見の言う通りだ。そっちは神崎亜希がドライな行動をとったんで、怪しみはじめてる。そういうことだな？」

「ええ、まあ。亜希が不倫してたかどうかはわかりませんけど、おそらく夫婦仲はそれほどよくなかったんだと思います」

「そう考えたくなるな。宮内と一緒に少し神崎亜希の動きを探ってみてくれ」

「わかりました。リーダーと乾さんは、名古屋に向かうそうですね。立花班長に報告を上げたとき、そのことを聞きました」

「そう」

「土屋という新興のプロモーターが八百長の件でデマを流したんだったら、間弓彦は本事件にはタッチしてないのでしょうね。それから、評論家の中里敬太郎はシロだという心証を得たとか？」

「そうなんだ。かえで銀行の松坂副頭取は、まだシロと断定できないな」

「そうですか。中京会は武闘派やくざが少なくないようだから、二人とも無茶はしないでくださいね」

「わかってるよ」

浅倉は電話を切り、乾に通話内容を手短《てみじか》に話した。

「被害者《マルガイ》の妻は夫の納骨も済ませないうちにデパートに買物に行ってたんすか⁉ ドライだな。仮面夫婦だったのかもしれないっすよ。亜希が浮気相手に夫を始末させたんだったら、捜査本部の連中は無能だったってことになるな」

「乾、それは言い過ぎだろうが！」

「でも、そうでしょ？ 被害者がタブーに斬《き》り込んでた硬骨なフリージャーナリストだってことに引きずられて、夫婦仲のことを深く調べなかったわけっすから」

「そうなんだが、先入観に囚《とら》われて物事の判断を誤ることは誰にもあることじゃないか。それに、神崎亜希が夫殺しに関わってるという証拠を押さえたわけじゃないんだ。軽率《けいそつ》な発言は控えるべきだな」

「そうっすね。そろそろ、名古屋に向かわないと……」

乾が急《せ》かした。コンビの二人は大股《おおまた》で秘密射撃場を出た。

スカイラインは最短コースで環八《かんぱち》通りに出て、東名《とうめい》高速の下り線に乗り入れた。午後七時数分前だった。

覆面パトカーは赤色灯を瞬《またた》かせながら、追い越しレーンをひた走りに走った。名古屋市の市街地に入ったのは、午後十時二十分ごろだった。

「中京会梅川組の組事務所は、中村区《なかむらく》椿町《つばきちよう》にあるはずっす」

乾が言って、前走車をごぼう抜きにしていった。

ほどなく組事務所に到着した。五階建てのビルだった。外壁はチョコレート色で、一階と二階の窓の半分は厚い鉄板で覆《おお》われている。監視カメラは、なんと四台も設置されていた。

浅倉たちコンビは組事務所の三、四十メートル先の路上に覆面パトカーを駐《と》め、歩いて引き返した。組事務所に差しかかると、チョコレート色の建物から二人の若い男が飛び出してきた。どちらも二十代の後半に見えた。

片方の男は六尺棒《ろくしやくぼう》を握っている。もうひとりは剃髪頭《スキンヘッド》で、頭頂部に卍《まんじ》の刺青《いれずみ》を入れていた。二人とも目が尖《とが》っている。

「おまえは組員風だから、殴り込《カチコ》みと勘違《かんちが》いされたようだな」

浅倉は乾に小声で言い、前に進み出た。

すると、六尺棒が突き出された。浅倉は六尺棒を払った。二人の男が身構える。

「そんなにいきり立つな。殴り込みじゃねえよ」

乾が笑った。と、スキンヘッドの男が口を開いた。

「おみゃありゃ、横浜《よこはま》あたりの筋者じゃねえのきゃ？」

「外れだ。おれたち二人は堅気《かたぎ》だよ」

「そんなはずにゃあ。おみゃあは、やくざにしか見えんでな。連れは堅気に見えるけどにゃ」

「警視庁の者《もん》だ」

「笑わせたら、いかんで」

「これを見ろ！」

乾が警察手帳を呈示した。

「やくざが刑事になりすましたら、まずいと思うで。その手帳、ポリスグッズの店で買ったんじゃねえ？　よく出来てるわ。本物そっくりでにゃあか」

「まだ信じられないか。手錠《ワッパ》も見せてやろうか。ついでに、てめえらを公務執行妨害で逮捕《パク》ってやるよ」

「逮捕なんかできにゃあはずだ」

スキンヘッドの男がせせら笑った。浅倉は苦笑して、警察手帳を短く見せた。

男たちが顔を見合わせ、明らかにたじろいだ。六尺棒が引っ込められた。

「若頭《カシラ》の笹森に訊《き》きたいことがあるだけだよ。二人とも、とんがるなって」

「若頭は組事務所にはいないよ」

六尺棒を持った男が言った。名古屋弁ではなかった。

「そっちは地元の人間じゃなさそうだな」

「五年前に浜松《はままつ》から、こっちに来て梅川組に足《ゲソ》つけたんだ」

「なんて名だい？」

「藤枝《ふじえだ》だよ。横にいるのは市橋《いちはし》って名です。おれたちを捕《つか》まえないでくださいよ」

「笹森を頼って興行プロモーターが名古屋に来てるんじゃないのか？」

「それ、土屋さんのこと？」

「ああ、そうだ。若頭は土屋圭吾と組んで、格闘技試合のプロモートをする気でいるんじゃないのか？」

「そうみたいですね。おれたち下っ端の人間は詳しいことは知らないんだけど、そういう計画があるみたいだな」

「土屋は、笹森の家《ヤサ》に寝泊まりしてるのか？」

「そうじゃないんです。名古屋駅周辺のホテルを転々としてるんだけど、若頭《カシラ》とは毎晩のように会ってるみたいですよ」

「おみゃあ、そんなことまで話したら……」

スキンヘッドの市橋が藤枝を詰《なじ》った。

「けど、協力しなかったら、おれたち二人は公務執行妨害で検挙されるかもしれないんだぞ」

「それは困るわ」

「だったら、おまえは口を出すな」

藤枝が言った。市橋がうつむく。

「笹森と土屋は、いつもどこで会ってるんだ？　梅川組の息のかかったクラブか、バーで落ち合ってるのかな」

「そこまで教えなきゃ、おれたちは引っ張られるんでしょ？」

「そうだな。この近くにある中村署の取調室を借りることになるだろう」

「わかりました。言いますよ。二人は栄《さかえ》の袋町通《ふくろまちどおり》にある『夕顔《ゆうがお》』って小料理屋で、たいてい会ってるんです。和服の似合う美人女将《おかみ》は、若頭《カシラ》の情婦《おんな》なんですよ」

「笹森に余計なことを喋りやがったら、てめえら二人に手錠《ワッパ》打つからな」

乾が声を張った。藤枝と市橋が、ほぼ同時にうなずいた。いつの間にか、藤枝は六尺棒を背の後ろに隠していた。

「組事務所に戻ってもかまわないよ」

浅倉は二人の組員に言って、踵《きびす》を返した。すぐに相棒が追ってきた。

乾の運転で、駅の反対側にある中区栄町に向かう。栄と呼ばれている一帯は、市内で最大の繁華街だ。堀川《ほりかわ》に架《か》かる錦橋《にしきばし》を渡って伏見《ふしみ》駅の先を左に折れ、二つ目の交差点を右折する。そこは、もう袋町通だった。

『夕顔』は造作《ぞうさ》なく見つかった。京都の町家《まちや》風の店構えで、風情《ふぜい》があった。

乾は覆面パトカーを店の少し手前に駐《と》めた。手早くライトを消し、エンジンも切る。

浅倉たちコンビは車を降り、『夕顔』に足を踏み入れた。左手に素木《しらき》のカウンターがあり、右手に四卓のテーブルが置かれている。通路の奥に小上《こあ》がりがあるようだ。

カウンターの中では、二人の板前が忙しげに立ち働いている。ほぼ満席だ。

「いらっしゃいませ」

通路の奥から和装の女性が歩いてくる。三十五、六歳か。色気のある美人だった。女将だろう。

「警視庁の者なんだ。あなたが女将なんでしょ？」

浅倉は警察手帳を短く見せた。

「はい、そうです」

「笹森篤は来てるね？」

「は、はい」

「土屋圭吾という男と一緒なんでしょ？」

「そうですけど、何かの手入れなんですか？」

「単なる聞き込みですよ。二人はどこにいるんです？」

「最も奥の個室席にいらっしゃいます」

女将が答えた。

浅倉たちは奥に進んだ。端《はし》の個室の戸を乾が無言で払う。赤漆塗《あかうるし》りの座卓を挟んで、笹森と土屋が向かい合っている。卓上には刺身の盛り合わせや小鉢が載っていた。徳利《とつくり》と猪口《ちょこ》も見える。

「警視庁の者だ。二人に確かめたいことがあるんで、名古屋まで来たんだよ」

浅倉は笹森と土屋を等分に見た。前科のある二人は、にわかに落ち着きを失った。

笹森が片膝を立て、懐《ふところ》を探った。取り出したのは銀色の特殊小型銃だった。二連式のデリンジャーだ。

乾がベルトの下から電子麻酔拳銃を引き抜き、トリガーを絞った。ダーツ弾は、笹森の太い首に埋まった。笹森が短く呻《うめ》いて、座卓と仕切り壁の間に倒れる。仰向《あおむ》けだった。落ちたデリンジャーは座蒲団《ざぶとん》の下に隠れた。

「なんてことをするんだっ。違法捜査じゃないか！」

土屋が吼《ほ》えて、両膝立ちになった。

浅倉はテイザーガンを握るなり、引き金を絞《しぼ》った。電極針は土屋の腹部に命中した。土屋は仕切り壁に凭《もた》れる恰好《かっこう》で頽《くずお》れた。浅倉は高圧電流を送りつづけた。

土屋は白目を見せながら、動物じみた唸《うな》り声をあげつづけた。浅倉は頃合を計って、引き金から指を離した。

「あんたは、去年八月に行われた格闘技試合に間弓彦が八百長を仕組んだ証拠を握ったのか？　賭けの胴元もやってたのか、『サンライズ・プランニング』の代表は？」

「それは……」

「はっきり答えろ！」

「それはデマなんだ。笹森さんと相談して、そういうデマを故意に流したんだよ。梅川組の資金で格闘技試合の興行ビジネスを展開したかったんだよ」

「そうだったのか」

「主要なマスコミやフリージャーナリストなんかにも偽の情報を流したんだが、期待したほど効果はなかったな」

「神崎陽一にもデマを吹き込んだんだろう？」

「そうだよ。神崎は間弓彦の身辺を取材したみたいだったけど、偽情報なんだから……」

　土屋が口ごもった。

「裏付けなんか取れるわけがないか？」

「そうだね」

「あんたは屑《くず》だな」

　浅倉は、またテイザーガンの引き金を絞った。しばらくトリガーから指を離す気はなかった。

捜査対象者の神崎亜希が立ち止まった。

自宅マンション近くの大通りだった。きょうの相棒の宮内が、エルグランドをガードレールに寄せる。

助手席に坐った浅倉は、フロントガラス越しに亜希に目を注《そそ》いだ。着飾っている。化粧も入念に施《ほどこ》されていた。目を惹《ひ》く。

名古屋から帰京したのは午前二時半過ぎだった。浅倉は四時間ほど寝て、アジトに顔を出した。そして、元SPと午前十時前に神崎宅の近くで張り込みを開始したのである。現在は午後三時過ぎだった。

乾・玲奈コンビは、かえで銀行の本店付近で張り込み中のはずだ。チームは、松坂副頭取がシロだという心証をまだ得ていない。

「対象者《マルタイ》がウールコートの下に着てる枯葉色のスーツは、きのうデパートで買った服かもしれません」

宮内が言った。

「そうかな。昨夜《ゆうべ》、そっちは蓮見と日付が変わる直前まで亜希の動きを探ってたんだが、未亡人は外出しなかった。そういう話だったよな？」

「ええ、そうです。わたしたちは、亜希が不倫相手と会うかもしれないと予想してたんですよ。しかし、空振《からぶ》りでした。でも、おそらく神崎夫婦の仲は冷え込んでたんだと思いますね」

「蓮見の報告によると、被害者の遺影は埃を被《かぶ》ってたようだな？」

「ええ、そうでした。献花された白菊は半分ぐらい花びらが散って、葉は枯れかけてましたね。供物も少なかったんですよ」

「そうだってな。奥さんは夫の納骨も済まないうちに、自分の衣服をデパートに買いに行った。そういうことを考え併《あわ》せると、夫婦仲がよかったとは思えないな」

「亜希は浮気してたんではないのかな。神崎陽一が妻の不倫に気づいてたかどうかわかりませんがね。もし気がついてたら、離婚してたでしょう」

「宮内、それはわからないぞ。神崎が妻を不倫に走らせたのは自分のせいだと考えてたとすれば、別れ話は切り出さないんじゃないか。それで、なんとか修復させる努力をしてたんじゃないのかな」

「そこまで寛大になれるものでしょうか」

「つき合ってる美人スポーツインストラクターが仮に浮気したとしたら、おまえはどうする？」

浅倉は訊いた。

「リーダー、意地の悪い質問をしますね。彼女にぞっこんだから、悩んでも許してしまいそうだな。でも、覆水盆《ふくすい》に返らずって言うから、腹いせにわたしも浮気してしまうかもしれません」

「捜査資料には神崎が妻以外の女に関心を寄せてるという記述はなかったが、もしかすると……」

「神崎も不倫をしてた？」

「考えられなくはないと思うよ。一緒に暮らしてる相手の心がそっぽを向いてたら、耐えがたいだろうが？」

「そうでしょうね。神崎は誰にも気づかれないよう細心の注意を払って、妻以外の女性に想《おも》いを寄せてた可能性もありそうですね」

「そうだな」

「話は飛びますが、新興プロモーターの土屋は中京会をバックにして格闘技試合の興行に本格的に力を入れたくて、『サンライズ・プランニング』の間代表を貶《おとし》めようとしたなんて卑劣も卑劣ですね。結局、捜査本部の判断通りだったわけか」

「評論家の中里敬太郎と興行プロモーターの間弓彦はシロだという心証を得られた。どちらも、神崎殺しには絡んでないだろう」

「そうなんでしょうね」

「いつも両手に布手袋を嵌《は》めてる理由が気にはなるけどな」

「行方不明者になりすましてる疑いは拭《ぬぐ》えませんが、神崎の事件《ヤマ》には関与してないんでしょうから、素姓調べは後回しにしましょうよ」

「そうするか」

「まだシロという心証を得られてないのは、かえで銀行の副頭取だけですね。松坂は会員制ＳＭクラブのプレイルームで麻衣こと奈良香澄をハードに責めて死なせてしまったんでしょうか。『貴婦人の館』のオーナー福永功《ふくながいさお》、五十八歳は七月五日に店に異変はなかったと捜査本部の聞き込みにそう答えてますが、事情聴取直後から行方《ゆくえ》がわからなくなってます。そのことが妙に引っかかりますね」

「店のオーナーは、松坂がプレイ中にＭ嬢の麻衣を死なせてしまったことを知ってたのかもしれないな」

「そうだったとしたら、松坂副頭取が『貴婦人の館』のオーナーを誰かに始末させた疑いもありますね」

「考えられなくはないな」

浅倉は短く応じた。

そのすぐ後、亜希の前にドルフィン・メタリックのＢＭＷが停まった。ハンドルを握っているのは三十七、八歳の男だった。マスクは整っている。自由業に携《たずさ》わっているような感じだ。

亜希が笑顔でBMWの助手席に乗り込んだ。男とは親密そうだった。浮気相手かもしれない。

「リーダー、男は亜希の不倫相手なんじゃありませんかね」

「おれもそう思ったんだ。とにかく、BMWを尾《つ》けてくれないか」

「了解です」

宮内がハンドルを握り直した。

BMWが走りはじめた。相棒がエルグランドを発進させる。ドイツ車は幹線道路を進み、新宿方面に向かった。エルグランドは一定の距離を保《たも》ちながら、追尾《ついび》しはじめた。

やがて、BMWは西新宿にある大手生命保険会社の本社ビルの地下駐車場に潜《もぐ》った。

宮内がBMWから少し離れたカースペースにエルグランドを駐める。亜希がBMWの助手席から降り、連れの男とともにエレベーターホールに向かった。

「ナンバー照会して、BMWの持ち主を割り出しといてくれ」

浅倉は元SPに頼み、静かにエルグランドから出た。足音を殺しながら、エレベーター乗り場に向かう。

すでに亜希たち二人は、エレベーターホールにたたずんでいた。浅倉はコンクリートの支柱に身を寄せた。

　亜希と男が函《ケージ》の中に入った。浅倉はエレベーターホールまで走り、階数表示を見上げた。ランプは一階で静止した。どうやら二人は一階の受付に上がったらしい。浅倉もケージに乗り込み、エントランスロビーに上がった。

　亜希たち二人は、受付カウンターの横の応接コーナーの椅子《いす》に並んで腰かけていた。浅倉は大きな観葉植物の葉に身を寄せ、亜希と男の様子をうかがった。

　二人は、この会社の社員を待っているのだろう。亜希は自分を受取人にして、夫の生命保険を掛けているのではないか。そのことは、捜査資料には記述されていなかった。

　なぜ亜希は、自分ひとりで生命保険会社を訪れなかったのか。浅倉は素朴《そぼく》な疑問を懐《いだ》いた。

　生命保険金の請求をしたが、支払いを留保されてしまったのかもしれない。そんなことで、亜希は連れの男と会社に説明を求めたのではないか。

　待つほどもなく、奥から五十年配の男が姿を見せた。胸の名札の字まで読み取れない。社員であることは間違いなさそうだ。

　男は亜希たちに目礼《もくれい》してから、ソファに腰かけた。表情は硬い。亜希が何か訴え、連れに加勢を求めた。

　マスクの整った男は何か言い募《つの》りはじめた。しかし、その声は浅倉の耳には届かなかった。社員と思われる五十絡《がら》みの男が亜希の顔を見ながら、何か説明している。話の内容までは聞き取れない。

浅倉は地下の車庫に下《くだ》り、エルグランドの助手席に腰を沈めた。

「神崎亜希は、連れの奴と何か談判をしに来たようだよ」

「談判って？」

「おそらく夫の生命保険金がすんなり下《お》りなかったんだろう」

「そうなんですかね。そうそう、ＢＭＷの所有者がわかりました。郷原均《ごうはらひとし》、三十八歳です。現住所は杉並《すぎなみ》区堀《ほり》ノ内《うち》二丁目十×番地です。車は郷原デザイン事務所という会社の名義になってました。グラフィックデザイナーなのかもしれません」

「そうなんだろうな」

「ついでに、Ａ号照会もしてみました。郷原に前科はありませんでしたよ」

「そうか。亜希たち二人がＢＭＷに戻ってきたら、宮内は尾行を続行してくれ。おれは亜希の来訪目的を調べる。後で合流しよう」

「わかりました」

宮内が口を結んだ。

そのとき、浅倉に立花班長から電話がかかってきた。

「神崎亜希は不倫してたのかな？」

「まだ証拠は押さえてませんが、その疑いはありますね」

「そうなのか。それなら、亜希が浮気相手と共謀して神崎陽一を殺害したかもしれないな」

「そこまで疑える材料を摑んだわけじゃないんですが、被害者の妻にも不審な点がありました」

「夫の納骨が終わらない前に自分の洋服をデパートに買いに行くケースはあまり多くないんじゃないか。夫の遺影も埃に塗《まみ》れてたという報告だったから、なんだか怪しいね。浅倉君、詳しいことを教えてくれないか」

　立花が促した。浅倉は経過をつぶさに語った。

「亜希が夫に多額の生命保険金を掛けてたとしたら、いわゆる保険金殺人だったのかもしれないぞ。郷原という浮気相手と思われる男が神崎陽一を金属バットで撲殺したんなら、亜希は共犯者だろうな」

「ええ、捜査資料にも多額の生命保険が掛けられていることは記《しる》されてましたんで」

「疑えることは疑えるな」

「松坂副頭取に張りついてる乾・蓮見班から何か報告はありました？」

「何も連絡はないんだ」

「そうですか」

「さきほど橋爪刑事部長から内線電話があって、別働隊のメンバーに名士《セレブ》専用ＳＭクラブのオーナーだった福永功の行方を追わせることになったと言われたんだ。元オーナーは、Ｍ嬢の失踪について何か知ってるんではないだろうか。しかし、そのことを喋《しゃべ》れない理由があったんで、自ら姿をくらましたのかもしれないね」

「そうだったとしたら、麻衣こと奈良香澄はかえで銀行の副頭取とプレイ中に死んでしまったんでしょう」

「そうなんだろうか」

「松坂副頭取は死体を放置したまま去るわけにいかないんで、店のオーナーに電話で相談したと考えられなくありませんか」

「浅倉君、そうだったのかもしれないぞ。オーナーは松坂副頭取に貸しを作っておいて損はないと瞬時に判断して、Ｍ嬢の亡骸《なきがら》を乃木坂のビルから密《ひそ》かに運び出してやったんじゃないのかね。ボックス型の台車に死体を載せれば、まんまと建物の外に運び出せそうだな」

「捜査本部の捜査班のメンバーは、借り受けた防犯カメラの映像をすべてチェックしたはずですが、人間以外は注視しなかったのかもしれませんね。去年の七月五日の夜、麻衣がどうやって建物の外に出たかを究明したかったわけですから、おそらくどの捜査員も人間だけを目で追ってたんでしょう」

「そうだろうね。まさか台車の類《たぐい》に死体が載せられてるなんて考えもしないから、見逃してしまったんだろう。浅倉君、きっとそうにちがいない。だから、M嬢の失踪は謎のままだったんではないか」

「ええ、そうなのかもしれませんね。松坂副頭取が麻衣こと奈良香澄を過激なプレイで殺してしまったんだとしたら、『貴婦人の館』のオーナーは銀行家の致命的な弱みを握ったことになります」

「ああ、そういうことになるな。オーナーだった福永は、松坂副頭取を強請《ゆす》ることもできるわけだ。五千万、いや、一億の口止め料だって要求できるだろう」

「もっと多額を要求しても、松坂は払わざるを得ないでしょうね。過失致死罪で起訴されたら、それまで築き上げたものの多くを失うことになるわけですから」

「オーナーが強欲なら、際限なく松坂から口止め料をせしめるだろう。いくら松坂副頭取がリッチでも、それではたまらない」

「ええ、そうですね。下手《へた》したら、無一文になるまで口止め料をせびられるでしょう」

「松坂は保身のため、オーナーの福永も殺してしまったんじゃないだろうか」

「そうでないとしたら、かえで銀行の副頭取は福永が一生遊んで暮らせるだけの多額の口止め料を渡して、姿をくらましてほしいと頼んだんでしょう」

「そうか、そういうことも考えられるね。どちらにしても、店のオーナーだった福永の失踪にも松坂副頭取が何らかの形で関わってそうだな」

「そう思えてきましたね」

「何か動きがあったら、すぐに報告してくれないか」

通話が終わった。

浅倉はポリスモードを所定のポケットに収めた。その数分後、亜希たち二人が地下駐車場に戻ってきた。どちらも表情が冴《さ》えない。話し合いはうまくいかなかったようだ。

じきにBMWが走りだした。浅倉は素早くエルグランドから降りた。

エルグランドがBMWを追う。浅倉はエレベーターで一階に上がった。受付カウンターに歩《ほ》を運び、警察手帳を呈示する。
二十二、三歳の受付嬢の顔に緊張の色が拡《ひろ》がった。
「この会社の社員が何か問題を起こしたわけじゃないんだよ。少し前に神崎亜希という女性が三十代後半の男と連れだって訪れ、どなたかに面会を求めたでしょ?」

「はい。調査部顧客課の中居《なかい》課長に取り次いでほしいとのことでした。そういうことでしたので、お客さまに応接ロビーでお待ちいただいて……」

「中居課長を呼んだんだね?」

「ええ、そうです。あのう、神崎さんと名乗られた女性は何かの事件に関わっているのでしょうか?」

「そうかもしれないんで、内偵捜査をしてるんだ。中居課長に取り次いでもらえないかな」

「少々、お待ちになってください」

受付嬢がにこやかに言い、クリーム色の内線電話の受話器を持ち上げた。

遣《や》り取《と》りは短かった。受話器がフックに返された。

「中居はただいま参りますので、応接ソファにお掛けになってお待ちください」

「ありがとう」

浅倉は受付嬢を犒《ねぎら》って、応接コーナーに足を向けた。

ソファに腰を沈める。二分ほど待つと、見覚えのある五十男が現われた。亜希たち二人に応対した人物だった。

「お忙しいところを申し訳ありません」

浅倉は立ち上がって、警察手帳を呈示した。自己紹介が済むと、二人はテーブルを挟んで向かい合った。

「早速《さっそく》ですが、中居さんに面会を求めたのは神崎陽一の妻の亜希ですね？」

「ええ、そうです。知り合いの郷原とおっしゃる男性といらっしゃって、わたしどもにクレームを……」

「クレームですか？」

「はい。刑事さんはご存じでしょうが、被保険者の神崎陽一さんは昨年十一月二十七日に亡くなられました」

「その殺人事件の支援捜査を担当してるんですよ。どんなことでクレームをつけられたんです？」

「被保険者は奥さまを受取人にされて、三千万円の生命保険を掛けられてたんです。ご主人が亡くなられて十日後に亜希さんが保険金の請求をされたんですよ」

「そんなに早く請求を申請したんですか⁉」

「通常のケースよりも、かなり早い請求ですね。そのことは別に問題はないんですが、ほかに少し気になることがありまして、保険金の支払いをペンディングにさせていただいてたんですよ。さきほど見えられた奥さまが保険金をすぐに払わなければ、告訴も辞さないととても立腹されていました。同席された郷原さんも幾度か声を荒らげましたね」

中居が長々と喋り、舌の先で上唇を湿《しめ》らせた。

「保険金の支払いを保留にしたのは、どうしてなんです？」

「去年の九月と十月に他社さん二社に、それぞれ三千万円ずつの生保が掛けられてたんです。当社の保険には二年ほど前にご加入していただいていたのですが、ライバルの二社の保険を掛けて間もなく神崎陽一さんは亡くなられました。その二社には、一カ月分と二カ月分の掛け金が納められただけなんですよ。そんなことから……」

「保険金殺人の疑いがあるんで、事件の加害者がはっきりするまで保険金の支払いを見合わせようってことになったんですね？」

「ええ、おっしゃる通りです。他の二社も奥さまに疑惑を感じたようで、まだ保険金は払っていないはずです。警察も保険金殺人臭いと睨《にら》んで、奥さまをマークしたようですね？」

「そこまで疑惑を持ったわけではないんですが、いくつか不審な点があったんですよ。それで、内偵捜査に取りかかったんです」

「不審な点というのは？」

「捜査に関することを洩《も》らすことはできないんですよ。ご協力に感謝します」

浅倉は立ち上がって、玄関ロビーから表に出た。寒風がもろに吹きつけてきた。

浅倉はビルの陰に入ってから、宮内の刑事用携帯電話《ポリスモード》を鳴らした。運転中はハンドフリー装置を使っているはずだ。

電話はスリーコールで繫《つな》がった。

「おれだよ。亜希はトータルで九千万円も旦那に生命保険を掛けてた」

「えっ、そんなに⁉　なら、保険金殺人の線も考えられますね」

「そうだな。どの生保会社も支払いを保留にしてるそうだ。郷原の車はどっち方面に走ってる？」

「杉並方向に走ってます。多分、行き先は郷原のデザイン事務所でしょう。そこはオフィス兼自宅なのかもしれません」

「目的地がそこだとわかったら、電話をくれ。タクシーで向かうよ。それまで、どこかでコーヒーを飲んでる」

浅倉は通話を切り上げ、目でカフェを探しはじめた。

4

タクシーが急停止した。

浅倉は上体を前にのめらせた。シートベルトが胸を圧迫する。西新宿の帝都《ていと》生命本社ビルの前で拾ったタクシーは、まだ四、五キロしか走っていない。

「お客さん、すみません！　急に猫が車道に飛び出してきそうだったので……」

四十代後半に見える運転手が詫《わ》びた。

浅倉は、杉並区堀《ほり》ノ内《うち》にある郷原デザイン事務所に向かっていた。相棒の宮内から亜希が郷原均のオフィスに入ったという連絡があったのだ。

「鞭打《むちう》ち症にはならないと思いますが、ご心配でしたら、整形外科医院で診《み》てもらってください。お客さんには何も落ち度はなかったのですから、もちろん治療費は当方で負担させてもらいます」

「ご心配なく！　鞭打ち症になるほどの衝撃は受けませんでしたよ。それより、あなたはしきりにミラーを覗《のぞ》いてましたね？」

「後続のプリウスがちょっと気になったんですよ。帝都生命の前から、プリウスはこの車と同じルートを走ってるんです」

「行き先が同じ方向なんでしょ？」

「そうかもしれませんが、妙に気になってね。幹線道路が渋滞してましたので、わたし、脇道に入って迂回《うかい》しましたでしょ？」

「そうでしたね」

「あのルートはプロの運転手たちにも、案外、知られてないんですよ。だからね、なんか気になっちゃったわけです」

「そうですか」

「ひょっとしたら、プリウスのドライバーはお客さんを尾《つ》けてるのかもしれませんね」

「そうなのかな。そう言われると、気になってきました。悪いけど、もう少し先で車を停めてもらえます？」

「わかりました」

タクシー運転手が快諾《かいだく》した。

信号は青になっていた。タクシーが発進し、百数十メートル先で路肩に寄る。浅倉は釣り銭を受け取りながら、さりげなく後方を振り返った。

黒いプリウスは三十メートルほど後方のガードレールに寄せられていた。タクシーを追い越さないのは変だ。怪しい。

浅倉は少し歩いて、横道に折れた。四、五十メートル進んでから、小さく振り向く。やはり、不審な車は追ってきた。道なりに歩いていくと、前方左手に公園があった。浅倉は園内に入った。無人だった。公衆トイレの裏に身を隠す。

公園の脇にプリウスが停まった。すぐに四十歳前後の細身の男が運転席を降り、園内に入ってきた。

浅倉は動かなかった。

数分が過ぎたころ、足音が近づいてきた。浅倉は公衆トイレの横に出た。

細身の四十男が驚きの声をあげ、身を翻《ひるがえ》そうとした。浅倉は相手の肩口を摑んだ。

「なんで尾《つ》けてる？」

「え⁉」

「とぼけるなって。誰に頼まれて、おれを尾行してたんだ？」

「わたし、おたくを尾けてなんかないよ」

「正直に言わないと、公務執行妨害でしょっぴくことになるぞ」

「お、おたく、刑事さんなの⁉」

「そこまでは知らなかったようだな」

「まいったなあ」

男がぼやいた。浅倉は警察手帳を短く見せた。

「本物なんですね」

「雇《やと》い主は？」

「言えません。勘弁してくださいよ」

「そっちがそのつもりなら、手錠を掛けることになるな」

「わ、わかりました」

「探偵かな？」

「いいえ、便利屋です。一年半前に不動産会社をリストラ解雇されたんで、個人で便利屋をやってるんですよ。上島《うえしま》、上島泰久《やすひさ》といいます。偽名じゃありません」

男が言いながら、運転免許証を差し出した。浅倉は受け取って、氏名を確かめた。本名だった。ちょうど四十歳で、練馬《ねりま》区内在住だ。

「免許証、返してもらえますよね」

「依頼人の名を教えてくれれば、返しますよ」

「言わなかったら？」

「逮捕することになるな」

「それは困ります。依頼人は神崎亜希さんです。自分の動きを探ってる者がいたら、正体を突きとめて報告してくれと頼まれたんですよ」

「依頼を受けたのは、いつなんだ？」

「きのうの午後です。でも、きのうは買物代行の仕事があったんで、今朝《けさ》から神崎さんのお宅の近くで張り込んでたんですよ」

「そうだったのか。刑事でありながら、不覚だったな」

「刑事さんたちが乗り込んでたエルグランドが依頼人の乗り込んだＢＭＷを尾行しはじめたんで、わたしも西新宿の帝都生命の本社まで……」

「そういうことだったのか」

「刑事さんは同僚の方と別行動をとりましたでしょ？　わたし、少し迷いましたが、あなたを尾けることにしたわけです」

「そうだったのか。神崎亜希の夫が去年の十一月に殺されたことは知ってるかな？」

「そのことは、依頼人から聞きました。帝都生命など三社にご主人の保険を掛けてたんで、支払い請求をした。それなのに、なぜだか保留にされてしまった。そう嘆《なげ》いてましたよ」

上島が言った。

「ＢＭＷを運転してた郷原均について、神崎亜希は何か言ってなかった？」

「亡くなったご主人が仕事一本槍《やり》だったんで、郷原さんと浮気するようになったんだそうです。デザイナーの郷原さんは四年前に離婚してるんで、相手の家族には迷惑かけてないんだと言ってました。いずれ、不倫関係だった相手と再婚するつもりだとも……」

「そう」

浅倉は短い返事をした。

亜希は郷原と謀《はか》って、夫を始末したのか。トータルで九千万円の生命保険が得られれば、当分、郷原に金銭的な負担をかけないで済む。

郷原は金に目が眩《くら》んで、神崎陽一を手にかけてしまったのか。考えられないことではないだろう。

「あなたたち二人は、第三《だいさん》生命か豊栄《ほうえい》生命の調査部の方だろうと思ってたんですよ。依頼人は生命保険金がすんなり下りないと言ってましたんでね。警察の人たちが神崎亜希さんをマークしてるってことは、彼女が不倫してた相手と共謀して夫を殺したかもしれないと疑われてるんですか？」

「その質問には答えられないな。これは一応、返しておきましょう」

「公務執行妨害には問われないんですね。ありがとうございます」

上島が頭を下げ、自分の運転免許証を受け取った。

「依頼人には、こっちの正体はまだ摑めないと報告しておくんですね」

「わかりました」

「もういいですよ」

浅倉は言った。上島が足早に遠ざかっていく。

浅倉はプリウスが走り去ってから、公園を出た。表通りまで大股で歩き、タクシーを捕まえる。

郷原デザイン事務所を探し当てたのは数十分後だった。住居も兼ねているようだ。洋風の二階家だった。

エルグランドは、郷原の自宅兼事務所の数軒先の生垣《いけがき》に寄せられている。浅倉はごく自然に助手席に乗り込んだ。

「亜希は郷原宅に入ったままです」

宮内が報告した。

「思いがけない展開になったよ」

「リーダー、何があったんです？」

「別に暴漢に襲われたんじゃないから、安心してくれ」

浅倉は経過を伝えた。

「亜希が便利屋を雇って自分をマークしてる人間を気にするのは、生保会社に怪しまれてると思ってるだけではない気がしますね。警察の動きも気になってるんでしょう」

「そうかもしれないな」

「リーダー、亜希には夫殺しの動機があります。怪しいな。郷原と結託して、神崎陽一を葬《ほうむ》ったんじゃないんですか？」

「そう疑える材料はあるな。亜希は夫婦仲がいいように振る舞って、実は離婚歴のある郷原均と不倫してた。しかも、併《あわ》せて九千万円の生命保険を旦那に掛けてたことが判明した」

「ええ。帝都生命には以前から保険を掛けてたという話ですが、ほかの二社は去年の九月と十月に加入したんでしょ？」

「そういうことになるね」

「計画的な保険金殺人臭いですよ。リーダー、郷原のデザイン事務所に乗り込んで、神崎亜希を揺さぶってみましょうよ。郷原が殺しの実行犯だったら、焦《あせ》って逃げるでしょう。そうじゃなかったとしても、シロかクロかがはっきりするはずです」

　宮内が言った。

　そのとき、浅倉の懐で刑事用携帯電話《ポリスモード》が鳴った。発信者は立花班長だった。

「浅倉君、別働隊が『貴婦人の館』のオーナーだった福永の居場所を突きとめたよ」

「どこにいたんです？」

「宇都宮《うつのみや》のマンションにいたそうだ。福永は去年七月五日の夜、かえで銀行の松坂副頭取が麻衣こと奈良香澄を過激に嬲《なぶ》って死なせてしまったと電話してきたというんだよ。それで元オーナーは松坂に泣きつかれて、従業員たちにＭ嬢の死体を奥多摩《おくたま》の山林に埋めさせたと自供したらしい」

「そのことを神崎陽一に知られたとしたら、副頭取が……」

「第三者に神崎陽一を始末させた疑いもあるね。神崎亜希に何か怪しい動きがあったのかな?」

「ええ、少し」

浅倉は事の流れを話した。

「妻が保険金目当てに不倫相手の郷原とつるんで、夫を亡き者にした疑いがないわけじゃないね」

「そうなんです。それで、宮内と亜希たち二人に揺さぶりをかけてみる気になってたんですよ。しかし、『貴婦人の館』の元経営者がそこまで供述してるんだったら、先に松坂を追及したほうがいいでしょう」

「そうだね。そうしてくれないか。乾・蓮見班にはわたしが連絡しておくから、きみら二人もかえで銀行本店に向かってくれないか」

立花が通話を切り上げた。

浅倉はポリスモードの通話終了ボタンを押し、宮内に通話内容を教えた。

「会員制SMクラブの元オーナーの福永が作り話をしたとは思えませんから、松坂副頭取はM嬢の麻衣をプレイ中に死なせてしまったんでしょう。別働隊のメンバーが死体を山林の土中に埋めた従業員のことも福永から聞き出してくれるはずです。リーダー、かえで銀行に急ぎましょう」

「そうだな」

「日本橋に向かいます」

宮内がエルグランドを走らせはじめた。

目的地に到着したのは四十数分後だった。本店の近くには、チームのスカイラインが見える。乾と玲奈が別々に車を降り、エルグランドの後部座席に乗り込んだ。

「立花班長から電話を貰って、おれ、やっぱりって思ったっすよ。乃木坂のビルから麻衣が出た姿が録画に映ってないんで、松坂がプレイルームで死なせたんじゃないかと思ってたっす」

乾が浅倉に言った。

「おまえの読みが当たったようだな」

「暴力団係《マルボウ》刑事出身のおれにしては上出来でしょ？　ベテランのリーダーに生意気なことを言うのもなんですが」

「もう一年以上も殺人捜査に携《たずさ》わってきたんだから当然よ」

「蓮見の言った通りだな。おまえの読みでは、松坂が神崎陽一を犯罪のプロに片づけさせたんだったな？」

浅倉は乾に問いかけた。

「その疑いは濃いと思うっすね。おれ、松坂を睨《にら》みつけるっすよ。そうすれば、何もかも自供《ゲロ》するんじゃないっすか」

「おまえの眼光は鋭いが、それで簡単に落とせる相手じゃないだろう。おまえと宮内は本店の表玄関と通用口を見張っててくれ。松坂が逃げるかもしれないんでな」

「了解っす」

乾が同意した。宮内が黙ってうなずく。

浅倉は玲奈に合図して、先にエルグランドの助手席から出た。玲奈が車を降りる。

二人はかえで銀行本店のロビーに入り、受付カウンターまで進んだ。玲奈が警察手帳を受付嬢に呈示し、副頭取との面会を申し入れる。

面会は許された。来訪者が女性捜査官と知り、松坂は警戒心を緩《ゆる》めたようだ。

浅倉たちは受付嬢に副頭取室に導《みちび》かれた。

玲奈が先に入室する。浅倉は受付嬢の後ろ姿を見ながら、玲奈につづいた。

「き、きみは……」

松坂が声を裏返らせた。浅倉は後ろ手にドアを閉めた。

「また、お邪魔することになりました」

「何回も足を運んでもらっても、同じことしか言えんよ」

「『貴婦人の館』のオーナーだった福永が、あなたに頼まれて麻衣こと奈良香澄の死体を店の従業員たちに奥多摩の山林に埋めさせたことを自供しましたよ」

「なんだって⁉」

立ち上がりかけていた松坂副頭取がよろめいて、椅子に腰を落とした。

「過度のプレイで、麻衣を死なせてしまったんですね？」

「こ、殺すつもりはなかったんだ。麻衣が首に回した革紐《かわひも》をもっと強く絞ってくれと哀願したんで、つい手に力を入れてしまったんだよ。まさか死ぬとは思わなかったんだ。かわいそうなことをしてしまった。わたしはうろたえ、店のオーナーの福永に無意識に電話をかけてた。それで、遺体を始末してくれないかと頼み込んだんだ」

「福永には、それ相応の謝礼を払うとおっしゃったんですね？」

玲奈が口を挟んだ。

「五千万円払う条件で、死体をそっと外に運び出してもらったんだ。従業員たちはボックス型の台車で麻衣の遺体を外に運び出したそうだよ」

「あなたは、M嬢を殺してしまったことをフリージャーナリストの神崎陽一さんに知られたんではありませんか？」

「その男がわたしの身辺を探《さぐ》ってたことは知ってたが、去年十一月の撲殺事件には関わってない。本当だよ」

「その件については、別の捜査員が取り調べをさせてもらいます」

浅倉は副頭取に告げて、立花に電話で別働隊の出動を要請した。

松坂は両手で頭を抱《かか》え、机に肘《ひじ》をついていた。その横には、玲奈が立っている。片手を手錠ケースに掛けていた。

「わたしは若いときから運に恵まれてきた。なのに、去年の七月に運に見放されてしまった。麻衣を死なせてしまったんだからな」

「ご自分の不運をぼやく前にやることがあるんではありません？」

「え？」

松坂が玲奈を見る。

「殺してしまった麻衣さん、いいえ、奈良香澄さんに謝罪することが先でしょ！」

「ああ、そうだったね」

「成功者の多くは、まず先に自分のことを考えるようですね。名士と呼ばれるようになっても、そういうエゴイストは三流の人間です。少しは反省しなさいよっ」

玲奈が叱《しか》りつけた。松坂は、ばつ悪げに笑った。笑ってごまかす気か。

「笑ってる場合じゃないだろうが！」

浅倉は松坂を怒鳴《どな》りつけた。松坂がうなだれた。

副頭取室は重苦しい沈黙に支配された。

別働隊の三人が副頭取室になだれ込んできたのは、およそ二十分後だった。浅倉は松坂の身柄を引き渡し、先に玲奈と副頭取室を出た。

表に出ると、宮内と乾が歩み寄ってきた。すでに二人は、立花班長から松坂の身柄を別働隊に引き渡す段取りになっていることを聞いていた。

「松坂も、シロと判断してもいいだろう。神崎亜希が夫殺しに関与してる疑いもあるから、みんなで郷原の自宅兼事務所に行ってみようや」

浅倉は部下たちに言って、エルグランドの助手席に乗り込んだ。すぐさま宮内が運転席に入る。

乾と玲奈がスカイラインに駆け寄った。二台の警察車輛は杉並区堀ノ内に向かった。チームが目的地に着くと、浅倉は三人の部下にまず逃げ場を封じさせた。

それから彼は、郷原宅のインターフォンを鳴らした。応対に現われたのは郷原だった。

浅倉は警察手帳を見せ、奥にいる亜希を郷原に呼んでもらった。不倫カップルに殺人の嫌疑がかかっていることを話すと、郷原が焦《あせ》って口を開いた。

「ぼくらが不倫の仲だったことは認めますよ。しかし、亜希の夫が殺された日、ぼくはハワイにいたんです。渡航記録を調べてもらえば、こちらのアリバイは立証されるはずですよ」

「すぐに調べてみましょう」

「わたしが夫殺しに関与してると疑ってるんでしょうが、潔白ですっ」

「奥さんはそうおっしゃるが、疑わしい点があります。あなたは帝都生命など三社にご主人の生命保険を総額で九千万も掛けてる」

「それがどうだと言うんです？」

「帝都生命にはだいぶ前に加入してますが、他の二社は去年の九月と十月から保険料を払い込むようになった。神崎さんが亡くなって十日後に、あなたは帝都生命に保険金の請求申請をしてますよね？」

「ええ。ろくに貯《たくわ》えもなかったので、早く神崎の保険金が欲しかったんですよ。別の保険会社二社の生保に加入したのは、夫がアンタッチャブルなテーマを好んで取材してたんで若死にするかもしれないと思ったからです。郷原さんと共謀して、保険金殺人を企《たくら》んだわけじゃありませんよ。わたしの交友関係をとことん調べてもらってもいいわ」

亜希が昂然《こうぜん》と言った。

「知人に夫殺しを依頼したことはないと言い切れるという意味なんですね？」

「ええ、そうよ」

「だったら、なぜ便利屋を使って生保会社や警察の動きを調べさせるんです？　疚《やま》しいことをしてないんだったら、堂々としてればいいでしょ？」

「わたし、保険金殺人を計画したと疑われるのは厭《いや》だったのよ。それだけですよっ。神崎はいまに取材対象者に殺されるだろうと思ってたから、できるだけ多くの生命保険を掛けておきたかったんです。それだけの話だわ」

「そこまで夫婦仲は冷え込んでたんですか」

「わたしは神崎を振り向かせたくて、最初は郷原さんと浮気してる真似《まね》をしたのよ。それでも、夫は仕事一途《いちず》だったわ。だから、わたしは郷原さんと本当に不倫の関係になっちゃったの。神崎はわたしの芝居を見抜けずに、妻に裏切られたと思い込んだようなんです。ずっとセックスレスがつづいてたの。だから、わたしは自分のほうから郷原さんを……」

「誘惑したわけか」

「ええ、そう。神崎だって男盛りだったわけだから、誰か女性と交際してたはずよ。わたしはその相手のことは知らないけど、神崎が目をかけてたフリージャーナリストの柳輝人さんなら……」

「そのあたりのことを知ってるかもしれませんね」

「神崎はその相手と何かで揉《も》めて、撲殺されたんじゃないのかしら？　わたしは逃げも隠れもしないわ。任意同行を求めてるんだったら、あなたと一緒に行くわよ」

「その必要があったら、また奥さんに会うことになるでしょう。きょうのところは、ひとまず引き揚《あ》げます」

浅倉は玄関のドアを閉め、近くで見張りをしている宮内に首を振った。徒労感に包まれていた。

第三章　謎の暴露前夜

1

空気が重苦しい。

いつになくブラックコーヒーも苦く感じられる。浅倉はマグカップを卓上に置いた。

アジトだ。立花班長を含めてメンバーは全員、ソファに坐《すわ》っていた。かえで銀行の松坂副頭取を別働隊に引き渡した翌日の午後一時過ぎである。

「捜査本部の調べに手落ちはなかったわけだね」

立花が誰にともなく言った。最初に応じたのは宮内だった。

「捜査資料通り、撲殺事件では評論家の中里敬太郎、興行プロモーターの間弓彦、かえで銀行副頭取の松坂孝雄の三人はシロだったと判断してもいいでしょう」

「そうだね」

「立花さん、申し訳ありません。こっちの手際《てぎわ》が悪かったので、何日か無駄にしてしまいました」

浅倉は主任として責任を感じていた。

「きみが何も責任を感じることはないさ。捜査本部が怪しんでた対象者が本当にシロかどうか確認してくれとおっしゃったのは、若月副総監だったんだ」

「そうですが、もっと能率的に三人がシロかどうかを確認できたはずです」

「捜査は無駄の積み重ねだよ。事件を早く落着させようと焦《あせ》ったりすると、誤認逮捕を招くことになる」

「しかし、もう二期目なんです。所轄の四谷署の署長や副署長は、もどかしさを感じてるにちがいありません」

「支援チームである武装捜査班《う ち》もまだ本部事件の容疑者を絞り切れてないが、松坂副頭取がM嬢を殺してしまった事件を明らかにできた」

「ええ、それは……」

「松坂が全面自供したんで、奥多摩の山林に埋められた奈良香澄の白骨体も午前中に掘り起こされた。それから、『貴婦人の館』の二人の元従業員も死体遺棄《いき》の罪を認めた。元経営者の福永も、かつての従業員たちを唆《そそのか》したことを吐いてる。これでM嬢失踪《しっそう》事件の真相がわかったんだから、きみらの捜査活動には意味があったんだよ」

「そうっすよ」

乾が立花班長に同調した。

「そうなんだが、回り道をしてしまったことは確かだ。神崎亜希が夫殺しに関わってるかもしれないと迷走してしまったからな」

「亜希を怪しんだのは、おれっすよ。おれが勘だけで余計なことをリーダーに言っちゃったんで……」

「リーダー、落ち込むことはありませんよ」

玲奈が会話に加わった。

「それほど深刻に落ち込んでるわけじゃないから、蓮見、心配するな。捜査本部が疑いの目を向けてた連中をシロと確認するのに少し手間取ったと思ってるだけだよ」

「班長がさっきおっしゃった通りだと思います。生意気を言うようですけど、無駄を恐れてたら、いつまでも事件の核心にたどり着けないんじゃないかしら？　急がば回れという諺《ことわざ》もあるじゃないですか」

「蓮見は、おれより年上だったっけ？」

「あっ、やっぱり生意気でしたね。リーダーに偉《えら》そうなことを言って、ごめんなさい」

「冗談だよ。蓮見、気にするな。回り道をしたことに拘《こだわ》ってる時間がそれこそ無駄だ。きのう、神崎亜希は夫は男盛りだったんだから、密《ひそ》かにつき合ってた女性がいそうだと

「……」

「そういう女がいたんじゃないっすか。いくら硬骨なフリージャーナリストでも妻としっくりいってなかったら、そりゃ浮気心を起こすでしょ？」

乾が言った。

「そういう気持ちになるかもしれないな。亜希は、そのあたりのことを故人が目をかけてた柳輝人なら知ってるんじゃないかと言ってた」

「弟子みたいな同業者に女関係のことは言わないんじゃないんすか。神崎陽一は結婚してたんすよ。浮気相手がいるなんてことを打ち明けたら、軽蔑《けいべつ》されちゃうかもしれないでしょ？」

「そうかな」

「年上の同業者の古沢か、『世相ジャーナル』日置編集長には神崎も交際してた女のことをちらりと話したことがありそうっすけど」

「そう考えるべきか。故人に浮気相手がいたと仮定した場合、痴情《ちじょう》の縺《もつ》れがあったんだろうか」

「被害者に不倫相手がいたとしても、自分が既婚者であることを隠してはなかったと思うんですよ」

宮内が乾よりも先に言葉を発した。

「だろうな。神崎はまっすぐな生き方をしてたにちがいない。独身の振りをして、相手を騙《だま》すなんてことはできないだろう」

「そう思いますね。神崎陽一と浮気相手は大人同士のつき合いをしてたんでしょう。多分、痴話喧嘩《ちわげんか》の類《たぐい》はしてなかったんじゃないかな」

「蓮見はどう思う？」

「大人の男女が忍ぶ恋をしてたんでしたら、痴情の縺れはなかったでしょうね。リーダー、被害者が密かにつき合ってた女性に心を許してたとしたら、仕事のことを無防備に話してたとも考えられますよ」

「ああ、そうだな。その女性は神崎がアンタッチャブルな取材を密かに重ねてたことを知ってたが、そのことを警察関係者や報道に携《たずさ》わってる人間に喋《しゃべ》ったら、自分も殺されることになると沈黙を守ってるんだろうか」

「そうなのかもしれませんね。あるいは、その女性は自分で好きな男性《ひと》を撲殺した犯人を突きとめようとしてるのかしら？」

「そうだとしたら、勇気のある女性だな。普通のＯＬがそこまでやれるとは思えないから、弁護士、女性警察官、フリージャーナリスト、検事、検察事務官のいずれかなんじゃないだろうか」

「どんな職業であれ、正義感があって芯《しん》の勁《つよ》い女性なんでしょうね」

玲奈が口を結んだ。それを待っていたかのように、立花班長が早口で浅倉に話しかけてきた。

「被害者には密かに交際してた女性がいたのかもしれないね。手分けして故人と親交のあった雑誌編集者やフリージャーナリストたちに会ってみてくれないか。そのうちの誰かが、神崎と親しくしてた女性がいたかどうか知っている可能性もあるからね」

「ええ。宮内と乾には、雑誌編集者たちに当たってもらいます。おれと蓮見は古沢や柳に会いますよ」

「そうか」

「おまえらはエルグランドを使ってくれ」

浅倉は乾に言った。

乾がうなずき、宮内に目配せする。二人はソファから立ち上がり、先に秘密刑事部屋を出た。

「先に電話で探《さぐ》りを入れてみるよ」

浅倉は玲奈に言って、刑事用携帯電話《ポリスモード》を取り出した。卓上にある捜査資料でテレフォンナンバーを確認しながら、古沢孝良に電話をかける。

ツーコールで、通話可能状態になった。浅倉は名乗って、すぐ本題に入った。

「正直に答えてほしいんですが、神崎さんには妻に内緒で交際してた女性がいたんじゃないですか？」

「えっ、そうなんですか⁉　彼は女性よりも仕事のほうが好きだっただろうから、不倫なんかしてなかったと思うな。仕事仲間からも浮いた話は聞いたことなかったですよ」

「そうですか」

「誰かが神崎君は浮気してたと言ったんですね？」

古沢が訊《き》いた。

「そう匂わせたのは、被害者の奥さんなんです」

「それは驚きだな。夫婦仲は円満だと思ってたんでね」

「そう見せかけてただけなのかもしれませんよ」

「そうなんでしょうか。わたし、神崎君の女性関係までは知らないんですよ。お役に立てなくて申し訳ない」

「いいえ」

「その交際相手が、神崎君に早く奥さんと別れて自分と一緒になってくれとしつこく迫ったんでしょうか。それで神崎君は相手のことがうっとうしくなって、別れようと切り出したのかな。相手が逆上して、知り合いの男に神崎君を金属バットで……」

「そういうことは考えにくいんじゃないですか。被害者は親しい女性を裏切るようなタイプではなかったんでしょ？」

「誠実な男でしたが、すでに結婚してたわけですから。簡単に妻と離婚はできないと考えてたら、浮気相手と縁を切るしかないと判断するんじゃないのかな。神崎君が痴情の縺れで殺されたとは思いたくないが」

「故人は男女関係の縺れで殺害されたんではないでしょう。刑事の勘ですがね」

「神崎君が目をかけてた柳君には、もう電話をされました？」

「いいえ。これから電話してみます」

「柳君も故人の女性関係までは知らないだろうな」

「一応、電話をしてみますよ」

浅倉はいったん通話終了ボタンを押し、柳輝人のスマートフォンを鳴らした。留守録音モードになっていた。

自宅で原稿を執筆しているのか。それとも、電車かバスで移動中なのだろうか。浅倉はポリスモードを耳から離して、玲奈の肩を軽く叩《たた》いた。

浅倉たちペアは立花班長に見送られ、アジトを出た。スカイラインは車庫の奥まった場所に駐《と》めてある。

「エンジンをかけておきます」

玲奈が小走りに覆面パトカーに駆け寄り、運転席に乗り込んだ。浅倉は足を速《はや》め、助手席に坐った。

「一応、柳のアパートに行ってみよう。部屋で急ぎの原稿を夢中で書いてるのかもしれないからな」

「そうですね。自宅アパートは確か練馬区の西大泉でした。向かいます」

玲奈がギアをＤ《ドライブ》レンジに入れ、静かにスカイラインを走らせはじめた。

柳の自宅アパートに到着したのは、およそ三十分後だった。コンビは車道に覆面パトカーを駐め、アパートの二階に上がった。

浅倉は部屋のインターフォンを鳴らした。

少し待つと、柳の声で応答があった。浅倉は名乗った。

「刑事さんでしたか。いまドアを開けます」

柳が言って、じきに玄関ドアを押し開けた。玲奈が会釈《えしやく》する。

「部下の蓮見刑事だよ」

「ドラマに出てくるような美人刑事さんですね」

「ヨイショしても無駄だよ。蓮見には、もう彼氏がいるんだ」

「そうでしょうね」

「三十分ぐらい前に電話したんだが、きみは出なかった」

「すみません。急ぎのコミックの原作原稿を書いてたんで、履歴をチェックしなかったんです。マナーモードにして、パソコンのキーボードを打ち込んでたんですよ」

「せっせと生活費を稼《かせ》いでたわけか。コミック本がベストセラーになれば、原作者に二、三パーセントの印税が入るらしいね？」

「そうなんですけど、ぼくの原案・原作で単行本化されたのはまだ二巻しかないんですよ。どちらもそれほど売れなかったんで、著作権使用料はわずかなものでした」

「そう。そのうちヒットしたら、原案・原作の印税ががっぽり入って本業のノンフィクションの取材費に苦労しなくなるだろう」

「そうなってほしいな。ところで、きょうは何でしょう？　神崎さんに関して知ってることはすべて刑事さんに話しました。隠してることなんか何もありません」

「そんなに警戒しないでくれないか。きみを怪しいと感じたんで、再度訪ねてきたわけじゃないんだ」

浅倉は笑顔を崩さなかった。

「何が知りたいんです？」

「ストレートに訊くよ。撲殺された神崎さんには、奥さんに隠れて交際してた女性がいたんじゃないのか？」

「浮気なんてしてなかったでしょ、神崎さんは」

柳は明るく答えたが、にわかに落ち着きを失った。

「いたんだね、故人にはつき合ってる女性が」

「ぼくは知りませんでした。へえ、そうだったんですか」

「故人の妻も不倫してたんだよ」

「ほ、本当ですか⁉」

「作り話じゃないよ。神崎夫妻の仲は冷え込んでたんだ。だから、奥さんを気遣《きづか》うことはないんだ」

「そう言われても……」

「柳さん、捜査に協力していただけませんか」

玲奈が部屋の主の顔を見つめた。

「美人刑事さんに縋《すが》るような眼差《まなざ》しを向けられると、どぎまぎしちゃうな」

「捜査はあまり進展してないんですよ」

「そうみたいですね」

「きみは被害者の生き方に憧《あこが》れてたし、目もかけられてたよね？」

浅倉は言った。柳の表情が変わった。

「は、はい」

「故人は一方的に妻を裏切ってたわけじゃない。不倫関係の女性がいたとしても、神崎さんだけが非難されたりしないはずだよ。モラリストどもはともかく、一般人の多くは夫婦の双方に相手を思い遣《や》る気持ちが足りなかったんではないかと思うだけなんじゃないかな」

「……………」

「この世に完璧《かんぺき》な人間なんかいない。故人が妻以外の女性と親しくしてたということで、謗《そし》られたりはしないだろう。死者を貶《おとし》めることにはならないと思うな。もう一度、訊くよ。神崎陽一には心を許し合えた女性がいたんだね？」

浅倉は柳を直視した。

「二人が特別な関係だったかどうかわかりませんが、神崎さんが信頼しきってるなと感じた女性《ひと》はいました。ぼくら三人で一度食事をしただけですけど、そう感じ取れたんですよ」

「どういう女性なのかな？」

「山岸遥《やまぎしはるか》という名のビデオジャーナリストです。三十三歳で、聡明《そうめい》な女性ですよ。二人は数年前に共通の取材現場で知り合って、意気投合したと言ってました」

「その女性ビデオジャーナリストの連絡先、わかるかい？」

「名刺交換をしましたので、わかりますよ。いま名刺アルバムを取ってきます」

柳が奥の居室に向かった。

浅倉は部下の玲奈と顔を見合わせ、口許を綻《ほころ》ばせた。

2

大原《おおはら》交差点が近づいた。

玲奈が運転するスカイラインは、環七《かんなな》通りを走行中だった。浅倉は助手席で紫煙をくゆらせていた。

柳の自宅アパートを辞去し、山岸遥の住まいに向かっているところだった。女性ビデオジャーナリストの自宅マンションは世田谷《せたがや》区松原《まつばら》五丁目にあるらしい。

運転中の玲奈が煙草の煙でむせた。

浅倉は謝《あやま》って喫《す》いさしのセブンスターの火を消し、換気を強めた。うっかり玲奈が喫煙者でないことを忘れていたのだ。

「蓮見、大丈夫か？」

「ええ、平気です」

「ごめん、ごめん！　考えごとをしてて、そっちが煙草を喫わないことを失念してたんだ。蓮見の肺を少し汚しちまったな」

「気にしないでください、彼も喫煙者ですので。リーダーや乾さんほど喫煙本数は多くありませんけどね」

「そうか」

「わたし自身は喫煙の習慣はありませんけど、父も煙草好きですから、それほど気になりません」

「そう言ってもらえると、ちょっぴり気持ちが楽になるよ。それはそうと、神崎の彼女だった山岸遥はビデオジャーナリストとして割に活躍してるそうじゃないか」

「柳さん、そう言ってましたね。シリア難民キャンプをルポしたり、西アフリカでエボラ出血熱で亡くなった方の遺族が不当に差別される悲しい現実を取材して、その映像やレポートが民放のテレビ局に採用されてるようですから」

「いわゆる社会派ビデオジャーナリストなんだろうから、神崎とは通い合うものがあったんだろう」

「そうなんでしょうね。二人は大久保《おおくぼ》でヘイトスピーチ団体と市民運動家グループが烈《はげ》しく罵《のの》り合う現場で知り合ったという話ですので、運命的な出会いだったんじゃないのかしら？」

「そうなんだろうな。すでに神崎は結婚してたわけだが、山岸遥に同志的な仲間意識を感じたんじゃないか。そのうち恋愛感情が芽生えて、二人は特別な関係になったんだろう」

「不倫カップルということになるわけですけど、二人の結びつきは不純ではありません。それどころか、素敵ですよ」

玲奈が羨《うらや》ましげに言った。いつしか車は大原交差点に差しかかっていた。

スカイラインが右折して間もなく、乾から浅倉に電話がかかってきた。

「リーダー、神崎には交際してる女がいたっすよ。『世相ジャーナル』の日置編集長は初めは認めようとしなかったんすけど、宮内さんが粘《ねば》りに粘ったら、ついに根負けしたんす。被害者《マルガイ》と親しくしてたのはビデオジャーナリストの山岸遥、三十三歳だそうっす」

「そうだってな」

「えっ、知ってたんすか⁉」

「柳輝人から聞き出したんだ」

「リーダー、人が悪いっすよ。そういうことだったら、おれたち二人にすぐ教えてくれてもいいでしょうが？」

「もしかしたら、神崎は山岸遥のほかにも親しくしてる女がいるかもしれないと思ったんだよ」

「誰かさんみたいに神崎はそれほど多情じゃないでしょ？」

「わからないぜ。気骨《きこつ》のある生き方をしてた故人は、知性派の女たちにはモテてただろうからな」

「そっか、そうでしょうね。女のほうから言い寄られたら、真面目《まじめ》な男も摘《つま》み喰《ぐ》いする気になりそうだな。日置から遥の自宅の住所を教えてもらったんすけど、おれたちはこれから汐留《しおどめ》の日東《にっとう》テレビに向かうつもりっす」

「日東テレビに行く?」

　浅倉は訊き返した。

「そうっす。山岸遥は日東テレビの報道部によく出入りしてるらしいんすよ。特集のビデオ映像をちょくちょく流してもらってるそうっす」

「そういうことで、日東テレビにしばしば顔を出してるのか。おれたちは、いま山岸遥の自宅マンションに向かってるんだ。どちらかに遥がいることを祈ろう」

「ビデオジャーナリストが日東テレビにいたら、また電話するっすよ」

　巨漢刑事が通話を切り上げた。浅倉はポリスモードを所定のポケットに収め、乾の報告内容を玲奈に伝えた。

　車は羽根木《はねぎ》二丁目の住宅街を進んでいる。松原五丁目に隣接している町だ。

　ほどなく目的の『ボヌール松原』に着いた。六階建ての賃貸マンションで、洒落《しゃれ》た造りだった。

　玲奈がマンションの植え込みの横にスカイラインを駐めた。

　浅倉たちはすぐに車を降り、アプローチを進んだ。玄関はオートロック・システムにはなっていなかった。管理人室も見当たらない。

　二人はエントランスロビーに入り、エレベーターで四階に上がった。山岸宅は四〇二号室だ。玲奈が部屋のインターフォンを響かせる。

十数秒後、女性の声がスピーカーから流れてきた。

「どちらさまでしょう？」

「警視庁の蓮見と申します。失礼ですが、山岸遥さんですね？」

「ええ、そうです」

「神崎陽一さんの事件の支援捜査に携わってるんですが、少しお時間をいただけないでしょうか。山岸さんは故人と親しくなさってたとうかがいました」

「どなたから、そのことをお聞きになったんです？」

「その質問には答えられないんですよ。ご理解ください」

「わかりました。少々、お待ちください」

部屋の主の声が途絶《とだ》えた。

待つほどもなく象牙色《ぞうげいろ》のドアが押し開けられた。姿を見せた遥は、いかにも活発そうな印象を与える。ショートヘアで、ほとんど化粧っ気《け》はない。淡くルージュを引いているだけだが、目鼻立ちはくっきりとしている。

浅倉は警察手帳を呈示し、苗字だけを告げた。

「どうぞお入りください」

遥が玄関マットまで退《さ》がった。浅倉たちは三和土《たたき》に並んで立った。室内は暖かかった。

間取りは1LDKだろう。

「被害者が亡くなったとき、なぜ山岸さんは捜査関係者に協力を申し出なかったんです？」

「彼、神崎さんの奥さんを傷つけることになると思ったからですよ。出版関係者やライター仲間もそう考えてたようで、誰もわたしのことは積極的には話さなかったんでしょうね。わたしたち二人の関係は、世間的には許されないでしょ？」

「あなたは、神崎さんが離婚することを望まれてたんですか？」

「いいえ。わたし、結婚という形態には拘《こだわ》っていないんですよ。妻のいる男性を好きになったことでは後ろめたさを感じていました。もちろん、奥さんには済まないと思ってましたよ。ですけど、神崎さんと離れるつもりはありませんでした。わたしたち、価値観がほとんど同じだったんです。もちろん、それだけじゃありません」

「神崎さんに惚《ほ》れてたんですね」

「ええ。彼も、わたしに同質の感情を懐《いだ》いてくれていました。神崎さんは離婚して、わたしと堂々とつき合いたいと何度も言ってくれたんです。でも、奥さんは浮気をしてても本気で別れる気はなさそうだと聞いてましたので……」

「あなたは、神崎さんが離婚されることには反対されたんですね？」

玲奈が口を挟んだ。

「そうです。本心では神崎さんとやり直したいと願ってるかもしれない奥さんのチャンスを奪うような権利はわたしにはありません。略奪愛だったわけですのでね」

「辛《つら》い恋愛でしたね」

「もともと結婚願望はなかったので、本当に彼の妻になりたいとは思ってなかったんですよ。互いの信頼関係が崩れない間は、濃密な間柄でいたいと願ってはいましたけどね」

「山岸さんの恋愛哲学はとっても素敵です。進歩的で、カッコいいですよ」

「ことさら新しい生き方をしたいと考えてたわけじゃないの。ただ、たった一度の人生だから、自分らしく生きたかったんですよ」

遥が少女のようにはにかんだ。笑うと、生硬《せいこう》さは消えた。賢そうな美人だが、女っぽさは失っていないようだ。

「神崎さんはタブー視されてる社会問題に敢然《かんぜん》と挑《いど》んで、暗部や恥部《ちぶ》を鋭く抉《えぐ》ってきましたよね？」

浅倉は遥に話しかけた。

「ええ」

「四谷署に置かれた捜査本部は醜《みにく》い部分をペンで告発されそうな連中に疑いの目を向け、とことん調べ上げました。われわれ支援要員も改めて捜査を重ねたんですよ。しかし、残念ながら、その連中の中には容疑者はいないようなんです」

「そうですか」

「あなたと神崎さんは信頼し合ってたんでしょうから、何か手がかりになるような事柄をご存じなんではないかと思ったんです。いかがでしょう？」

「実は、わたし、神崎さんにスクープになるような情報を去年の六月に教えてあげたことがあります。アメリカ人のジャーナリストから聞いた話を彼に伝えたら、取材するようになったんですよ。そんなことをしなければ、神崎さんは殺されずに済んだのかもしれません」

遥が涙ぐみ、下を向いた。

「スクープになりそうな種《ネタ》というのは？」

「いま、話します。でも、少しだけ待ってください。悲しみが込み上げてきて……」

「待ちます。気持ちが落ち着かれるまで、何分でも待ちますよ」

浅倉は言った。かたわらの玲奈が相槌《あいづち》を打つ。
五、六分経《た》ってから、遥が顔を上げた。目が充血しているが、涙は拭《ぬぐ》われていた。
「現内閣が成長戦略の一つと位置づけたカジノ解禁法案は三年前の国会では成立しませんでしたけど、法案を提出した超党派の推進派議員たち二百数十人はようやく法案成立をさせましたでしょ？」

「そうですね。与党の民自党《みんじ》だけではなく、野党三党の議員たちが『国際観光産業振興議員連盟』を結成して法案の成立をめざしました。三年前は審議が停滞したんで、成立には至りませんでしたが……」

「ええ。民自党と政権を担《にな》ってる公正《こうせい》党内にはカジノ解禁法案には慎重論が根強いし、衆院解散・総選挙などで審議が停滞したことで先送りにされました」

「そうだったな。しかし、カジノ推進派の国会議員たちは統合型リゾート《IR》の整備を促《うなが》す法案、つまりカジノ解禁法案が成立したので、この国の経済は大きく発展すると考えてます」

「そうですね。だから、今年の通常国会では何がなんでも新法案を成立させたんでしょう」

「その通りだと思います」

「推進派の政治家たちは公営カジノができれば、外国人観光客が増えて税収も上がって雇《こ》用《よう》は増すと主張してます」

「前首相もシンガポールのカジノを視察して、法案が成立すれば、日本の経済成長に資《し》すると発言してたな」

「そうでしたね。現政権は武器輸出三原則の見直しや原発再稼働などを経済政策にしてます。要するに、効率的にお金を稼ごうってことですよね？」

「そういうことなんだろう。しかし、カジノ解禁には懸念《けねん》材料が多すぎます」

浅倉は言った。すぐに玲奈が同調する。

「最も懸念されるのは、ギャンブル依存症の問題じゃないかしら?」

「そうだな。パチンコ、パチスロ、競馬、競輪、競艇、オートレースにハマった連中の数は多いはずだ」

「厚生労働省が、日本人成人の五パーセント弱の五百三十六万人はギャンブル依存症の疑いがあると推計したと発表しました」

「そうだったね。カジノが解禁になったら、ギャンブル依存症者の数はもっと増えるだろうな」

「すでにカジノを解禁したシンガポールでは自国民に八千円程度の入場料を課して、依存者数を抑《おさ》える対策をとってます。それでも、カジノへの立ち入りを制約される者がわずか二年あまりで二十一万人を超《こ》えたそうです」

「蓮見、よく勉強してるな。韓国にも十七、八のカジノがあったと思うが……」

「カジノの数は十七ですね。国民が通えるカジノはたったの一カ所なんですけど、依存症の増加が社会問題化してるようですよ」

「カジノの収益は、早い話が客の負け分だ。カジノが日本にできたら、外国人観光客がルーレットやカードゲームで遊ぶようになるだろう。ギャンブル好きの日本人も当然、カジノに通う。日本人の個人資産は約一千六兆円といわれてる。カジノに通いつめるのは五パーセント前後の者だろうが、その負け金は巨額になるな。だから、外国のカジノ運営会社は挙《こぞ》って日本に進出したがってるんだろう」

「わたしが神崎さんに流した情報は、そのことと関連してるんですよ」

遥が浅倉に顔を向けてきた。

「関連がある？」

「ええ。わたしが同業者から観《み》せてもらったビデオ録画には、ラスベガスで二番目に大きなカジノでルーレットをしてる推進派の五人の民自党議員が映ってました。情報を提供してくれたケビン・マッケンジーによると、その五人は日本円にして二千万円近く勝ったそうです。さらに、議員たちの宿泊してる部屋にはハリウッドの新人女優たちがセクシーなドレス姿で訪れ、明け方に帰っていったという話でした」

「カジノ運営会社はIR推進法案を早く成立させたくて、推進派議員五人に故意にルーレットで勝たせ、セックスパートナーも供したんだろうな」

「情報提供者のケビンも、そう推測したようです」

「カジノの視察に訪れた五人の国会議員に甘い蜜《みつ》を吸わせた業者の名はわかってるんでしょ？」

「ええ、ラスベガスで二番目に大きなカジノを運営してる『JKエンタープライズ』です。カジノ解禁推進派の五人がラスベガスに滞在したのは、去年の六月八日から十一日までです。その会社は、真っ先に日本に進出する気でいるようです。ケビンが関係者から取材したんですよ」

「五人の政治家は収賄《しゅうわい》で立件できそうだな。その議員たちの名はわかってます？」

浅倉は訊いた。遥がゆっくりと五人の政治家の名を挙《あ》げた。

玲奈が手帳に書き留《と》める。五人ともベテラン議員で、首相と同じ派閥に属していた。

「あなたにスクープ種《ネタ》を提供したケビン・マッケンジーさんの連絡先を教えていただけますか？」

「彼は、もう生きてません。ケビンは去年の七月三日の夜、ロスの自宅近くの路上で何者かに射殺されてしまったんです。おそらく彼は、『ＪＫエンタープライズ』に雇《やと》われた殺し屋に葬《ほうむ》られたんでしょう」

「カジノ運営会社はマフィアと繫《つな》がってるにちがいないから、その疑いは拭えませんね。

『ＪＫエンタープライズ』は日本の国会議員に不正な接待をしてることをマッケンジーさんに知られたと覚《さと》ったんで、永久に眠らせたんでしょう。享年《きょうねん》いくつだったんです？」

「四十一でした」

「結婚されてたのかな？」

「ケビンはゲイで、スタイリストの年下の男性と一緒に暮らしてたんです」

「そう」

「あなたはカジノ運営会社が五人の民自党議員を抱き込んで、新法案を成立させたがってたようだということも神崎さんに話しました？」

「ええ。それで、彼は五人の国会議員の身辺を探《さぐ》りはじめたんですよ。取材して間もなく、神崎さんは誰かに尾行されてることに気づいたらしいんです」

「尾行者は何者だったんです？」

「神崎さんはうまく尾行を撒《ま》いて、逆に相手を尾《つ》けたらしいの。それで、尾行者の正体を突きとめたんです。五年前に依願退職した元警察官の荻野目研二《おぎのめけんじ》、四十六歳だったそうです。ご存じですか？」

「いや、知らないな。警視庁に所属してる警察官は四万五千人もいるんですよ。だから、知らない人間もいるんです」

「そうなんですか。神崎さんは、その荻野目という男を尾行しつづけたんですよ。そして、依頼人が警察庁警務局局長の首藤学《しゅとうまなぶ》だということも調べ上げました。五十三歳のキャリアで、官邸肝煎《きもい》りのカジノ推進特命チームのメンバーでした」

「なんてことだ。警察関係者が議員汚職の揉《も》み消しに手を貸してた疑いがあるのか」

「その疑惑は濃いと思います。わたし、神崎さんを殺した犯人を自分で捜し出そうと思って、荻野目の自宅兼事務所に一週間ぐらい張り込んでみたんですよ。レンタカーを借りて、ロングヘアのウィッグを被《かぶ》ってね」

「荻野目は何か尻尾《しっぽ》を出しました？」

「いいえ。浮気調査に明け暮れてるだけで、警察官僚の首藤や五人の国会議員の誰とも接触しませんでした。神崎さんの事件にカジノ解禁法案を成立させたがってた国会議員か官僚が深く関与してるだろうと推測してたんですけど……」

「元刑事の探偵の動きを探《さぐ》ってて、何か危険な目に遭《あ》ったことは？」

浅倉は訊いた。

「そういうことはありませんでした。ただ、別の取材の件で不審者の影を感じたことはありましたけど。まだスクープできる確証は得られてないんですが、マスコミで盛んに取り上げられてる国際的なテロ組織『ハッサン国』に日本人の若者を戦闘員として大量に送り込もうとしてる新しいタイプの頭脳犯罪集団が存在するという感触を得たんですよ」

「ビデオジャーナリストとしてスクープしたい気持ちはわかるが、個人で調べ回るのは危険だな。山岸さん、取材でわかった情報を警視庁に提供してもらえませんか。命を狙《ねら》われかねないんでね」

「その危険はありますが、わたしはいかなる脅迫にも屈《くっ》しません。あなたたちには悪いけど、警察に取材で得た情報を提供する気はないの」

「捜査協力費という名目で、数十万円の謝礼を差し上げられると思います。上の者に相談すれば、もう少し上乗せできるでしょう」

「お金の問題ではありません。自分が追っかけていたテーマは自分でメディアでレポートしたいです。それがビデオジャーナリストの責務ですし、誇りですので」

「そうお考えなら、無理強《じ》いはしません。ただ、命のスペアはないということは忠告しておきます」

「ええ、その通りでしょうね。わたし、自分の命を粗末にする気はありません。しぶとく生きて、神崎さんの分までさまざまな問題提起をするつもりです」

「そうしてください」

「『ハッサン国』に戦闘員たちを送り込もうと企《たくら》んでるニュータイプの犯罪グループに拉《ら》致《ち》されたくないんで、しばらく父方の従妹《いとこ》のマンションに居《い》候《そうろう》させてもらうつもりです。従妹は中目黒《なかめぐろ》に住んでるんですよ。今夜にでも、着替えを持って従妹の部屋に移ります」

「参考までに、従妹のお名前を教えておいてください。後日、あなたに確かめさせてもらうことがあるかもしれませんから」

「どうしようかな。従妹の真紀に迷惑かけたくないから、スマホの番号だけを教えます」

「従妹の方は真紀さんとおっしゃるんですか？」

「ええ。芳賀真紀という名で、広告代理店で働いてます」

「奇遇《きぐう》だな。あなたの従妹とは先夜、六本木のカウンターバーで知り合って一緒に飲んだんですよ」

「えっ、そうなんですか⁉」

「職業上、素姓《すじょう》をやたら明かすわけにはいかないので、測量会社で働いてると嘘《うそ》をついてしまいましたが。彼女と電話番号を教え合って、そのうち二人で飲む約束をしたんです」

「そうだったんですか。真紀に会ったら、あなたのことを訊いてみます。悪いけど、わたし、急ぎの仕事を片づけないといけないの」

遥が言いにくそうに言った。浅倉は礼を言って、先に部屋を出た。玲奈が倣《なら》う。

二人はエレベーター乗り場に向かった。たたずむと、玲奈が浅倉を甘く睨《にら》んだ。

「特捜指令がないときは、リーダーはあちこちでナンパしまくってるんじゃないんですか？」

「ナンパするのは、ごくたまにだよ」

「本当かな。芳賀真紀さんは美人なんですか？」

「容姿《ようし》は蓮見より少し劣《おと》るが、大人の色気があるな」

「ワンナイトラブの相手にするつもりだったんでしょ？」

「おれは草食系男子だぜ。そんなことより、チームで荻野目研二とキャリアの首藤学を少しマークしてみよう」

浅倉は話を逸《そ》らし、エレベーターの下降ボタンを押し込んだ。

3

エンジン音が熄《や》んだ。

スカイラインは所定の場所に納められた。本部庁舎の地下三階の車庫だ。浅倉・蓮見班は、山岸宅からアジトに戻ったのである。浅倉は、宮内・乾班にいったん秘密刑事部屋に戻るよう指示してあった。

宮内たち二人は、先にアジトに戻っているかもしれない。浅倉は電話で立花班長に山岸遥から得た情報を伝えてあった。玲奈がシートベルトを外す。

浅倉は先に助手席から出た。すぐに玲奈がスカイラインを降りる。

「トイレに寄っていくから、先にアジトに戻っててくれないか」

浅倉は玲奈に言った。玲奈が小さくうなずき、足早に遠ざかった。浅倉は車庫の奥まで歩き、私物のスマートフォンを取り出した。

芳賀真紀に電話をする。スリーコールで電話は繋《つな》がった。

「浅倉です。きみに職業を偽《いつわ》ってたことを謝るよ。測量会社で働いてるというのは嘘《うそ》で、実は……」

「刑事さんだったんですね。少し前に従姉《いとこ》から電話があって、浅倉さんの訪問を受けたという話を聞きました」

「そう。言い訳になるが、おれたちは民間人にむやみに正体を明かしてはいけないことになってるんだ。それで、つい『オルフェ』で嘘の職業を言ってしまったんだよ」

「そのことは気にしないでください。それよりも、従姉とあなたに接点があったことに驚いてるんです。なんだかドラマみたいですものね」

「うん、確かに。山岸遥さんから、去年の十一月に殺害されたフリージャーナリストの神崎陽一のことは聞いてたのかな？」

「ええ。神崎さんにお目にかかったことはありませんでしたけど、従姉から密かに交際しているという話は聞いていました。心底《しんそこ》、神崎さんを愛してたんだと思います」

「そうなんだろうな」

「いつも冷静な従姉が神崎さんを殺した犯人を自分で見つけ出して、事故に見せかけて命を奪ってやるなんて真顔《まがお》で言ってました。落ち着きを取り戻してからは、報復殺人のことは口にしなくなりましたけど」

「山岸さんは、死ぬほど神崎陽一のことが好きだったんだろうな」

「それは間違いないと思います。従姉は、故人の仕事に対する姿勢に敬意を払っていました。神崎さんを目標にしていたようです」

「そんな感じだったな。きみの従姉は、かつて新聞社かテレビ局の記者だったの？」

「従姉は二十六歳まで某テレビ局のアナウンサーをしてたんです。でも、ニュース原稿や放送台本《スクリプト》を読むだけの仕事に飽《あ》きたらなくなったようです。大学の新聞学科を出てるんで、報道記者志望だったんですよ」

真紀が言った。

「そうだったのか」

「夢を捨てられなくて、従姉はアナウンサーを辞《や》めてフリーのビデオジャーナリストになったわけです。神崎さんの事件のことは自分で調べてたようですよ」

「そうらしいね。個人で動くのは危険なんで、事件の捜査は警察に任せたほうがいいと言っておいたんだ」

「従姉の反応はどうでした?」

「一応、こっちの忠告に耳を傾けてくれたようだったよ」

「よかったわ」

「詳しいことは言えないんだが、こっちは神崎陽一の事件の支援捜査に駆り出されたんだよ。そんなことで、きみの従姉の自宅に聞き込みに行ったんだ」

「そうなんですってね。従姉のためにも早く撲殺事件の犯人を捕まえてください。お願いします」

「頑張るよ。それはそうと、山岸さんは別の取材で危険な目に遭《あ》いそうなんで、今夜からきみのマンションに厄介《やっかい》になるつもりだと言っていたが……」

「その話は本当です。従姉は午後七時ごろ、着替えを持ってわたしの部屋に来ることになってるんです。２ＤＫと狭いんですけど、なんとか従姉を泊められるスペースは確保できますので、一カ月でも二カ月でも居てくれればいいと思っています」

「きみの従姉は『ハッサン国』に若い日本人を戦闘員として大量に送り込もうとしてる頭脳犯罪集団のことを取材してたようだが、何か聞いてないかな？」

浅倉は問いかけた。

「細かいことは教えてくれませんでしたけど、その組織のボスや幹部たちは学者や研究者の卵だったらしいんです。大学院で博士課程を修《おさ》めても、講師にもなれないんで、仕方なく学士と同じ給与条件で民間会社に就職したようなんですよ。でも、四、五歳下の学士の下で仕事をすることに耐えられなくなって転職を繰り返してるうちに正社員で雇ってもらえるチャンスを逸《いっ》してしまった人たちが多いみたいですね」

「ドクターコースを出た自分らを冷遇する世の中はおかしいと不満を募《つの》らせて、アナーキーな生き方をする気になったんだろうな」

「おそらく、そうなんでしょうね。従姉の話だと、その組織は社会から疎外《そがい》されている二十代男性たちを巧《たく》みに勧誘してるらしいんです。雇い止めになった元派遣社員、ネットカフェ難民、ニートが何百人か『ハッサン国』のメンバーになる気になってるみたいですよ」

「イスラム教徒の統一国家を作りたいと夢見てるテロ組織は、オイルマネーや強奪金を軍資金にしてる。戦闘員たちに高い給料を払って、さらってきた異教徒の若い女性をセックスペットとして与えてるようだ。刹那的《せつなてき》になってる若い奴らは勧誘に乗ってしまうんだろうな」

「ええ、そうなんでしょうね」

「戦闘員たちを大量に『ハッサン国』に送り込もうとしてるニュータイプの犯罪組織はそのことを山岸さんに暴《あば》かれたら、おいしいビジネスができなくなる。だから、口を封じたいと考えてるんだと思う。きみの従姉は、いったん取材を中断すべきだな」

「遥ちゃん、いいえ、従姉にそう言っておきます」

「そうしてくれないか。山岸さんの身辺に怪しい影が迫ったら、すぐ連絡してほしいんだ」

「わかりました。よろしくお願いします」

真紀が電話を切った。

浅倉はスマートフォンを懐《ふところ》に突っ込み、アジトに足を向けた。秘密刑事部屋に入ると、立花班長、宮内、乾、玲奈の四人がソファに坐っていた。

「リーダー、腹の調子が悪いんすか?」

乾が振り向いた。

「いや。トイレを出たら、私物のスマートフォンに着信があったんだよ」

「女からの電話じゃないっすか？」

「学生時代の友人が電話をしてきたんだ」

浅倉は言い繕《つくろ》って、宮内の隣に坐った。元SPはノートパソコンのディスプレイに目を落としている。

巨大な空中庭園を屋上に載《の》せた高層ビルが映っていた。シンガポールの新都心にある特定複合観光施設のようだ。

「カジノ、ホテル、会議場、商業施設を併設してる統合型リゾート《IR》みたいだな。宮内、そうなんだろう？」

「ええ、そうです。『マリーナ・ベイ・サンズ』ですよ。去年の春、東南アジア旅行をしたときにちょっと立ち寄ったんです」

「例の美人のスポーツインストラクターと東南アジアを巡ったんだな？」

「ノーコメントにさせてください」

宮内が少し顔を赤らめた。コーヒーテーブルの向こう側に並んだ立花と玲奈が、相前後して顔を緩《ゆる》めた。

「カジノを覗《のぞ》いてみたのか？」

浅倉は宮内に訊《たず》ねた。

「ええ、ちょっと。『マリーナ・ベイ・サンズ』のカジノはとてつもなく広かったですね。東京ドームほどはあったんじゃないのかな」

「フロアにはルーレット台、ゲームテーブル、スロットマシンがずらりと並んでたんだろう？」

「そうです。スロットマシンは二千五百台もあって、数百のゲームテーブルが連《つら》なってました。客の大半は中国人観光客でしたね。年間売上は二十三億米ドル、日本円にして約二千五百億円だそうです」

「シンガポールに二つの統合型リゾートができたのは、二〇一〇年だったかな？」

「そうですね。その前年までシンガポールを訪れる外国人観光客はおよそ九百七十万人だったらしいんですが、二〇一三年には一千五百四十万人に急増したようです」

「それなりにカジノ効果はあったようだな」

「ええ、そうみたいですね。統合型リゾート《IR》による雇用は約二万三千人に達したそうです」

「シンガポールのカジノ導入には長い曲折があったんだよね」

立花班長が浅倉に顔を向けてきた。

「何十年も前から、カジノ導入を巡って議論されてきたんじゃなかったかな」

「そうだね。かつて国を率《ひき》いてたリー・クアンユー元首相はカジノ導入には反対してきた。ギャンブル依存症や犯罪の増加が予想されるからというのが反対理由だった」

「確かに負の側面はありますよね」

　玲奈が話に加わった。

「そうなんだね。だから、カジノ導入の論議はあまりされなくなった。ところが、二〇〇三年に潮目《しおめ》が変わったんだよ」

「どうしてなんです？」

「アメリカの同時多発テロ、ＩＴバブル崩壊、重症急性呼吸器症候群《SARS》などが重なって、シンガポールを訪れる観光客がめっきり減ってしまったんだ」

「なんとか手を打たないといけないと為政者《いせいしゃ》は考え、ふたたびカジノ導入の話が持ち上がったわけですね？」

「そうなんだ。息子のリー・シェンロン首相がアジア諸国でもカジノ開発の機運が高まってたんで、方針転換したんだよ。父親の考えには従わないことになったんだが、シンガポールはカジノ導入に踏み切った」

「そうした背景があって、統合型リゾート《IR》と呼ばれる一大スポットが誕生したわけですね」

「そう。ＩＲは、インテグレイテッド・リゾートの頭文字を取ったらしいよ」

「そうなんですか。班長は物識《ものし》りなんですね」

「なあに、新聞の特集記事にそう書かれてたんだ。単なる受け売りさ」

班長が頭に手をやった。部下たちが小さく笑った。

「日本の現首相はシンガポールのカジノ効果に影響されて、統合型リゾート《IR》を成長戦略の目玉にしようと提唱したんでしたね」

宮内が立花班長に言った。

「そう。去年の臨時国会では超党派の推進派議員連盟が三年前に提唱したIR推進（カジノ解禁）法案の早期成立をめざしてたんだ。だが、審議停滞などでなかなか法案が成立しなかったんだよ。ようやくカジノ法案を成立させたが、全国紙などの世論調査によると、反対が約六十パーセントなんだ。賛成はわずか三十パーセントだったな」

「世論は慎重姿勢が強いですよね」

「先行して統合型リゾートを誘致したマカオは中国返還で〝一国二制度〟に移行すると、独占企業だったカジノの経営権を開放したんでしょう？」

乾が班長に確かめた。

「そうなんだ。アメリカ企業が進出してIRが相次いで開業され、二年前の時点で外国資本を含む六社が三十五カ所のカジノを運営してる。これからも、カジノの数は増えるだろう」

「イメージを一新したマカオの観光客数はぐっと増えたと聞いてるっすけど……」

「その通りなんだ。二〇〇三年の観光客数は一千百八十九万人だったんだが、十年後には二千九百三十二万人になった。そのうちの六割が中国人で、香港人は二割強を占《し》めてる。残りが諸外国からの客だね」

「カジノ関連の総収入も増えたんでしょ？」

「二〇〇四年の五千八百億円から二〇一二年以降は四兆円を超えてる」

「それだけカジノ熱は高いってことっすね」

「そうなんだが、問題もあるんだ。上客の中国人客をシンガポール、マカオのカジノが奪い合って、不正なサービスもやりはじめたんだよ」

「たとえば、どんなサービスをしてるんす？」

「最も多いのは、闇《やみ》社会の裏金や横領金のマネーロンダリングだね。カジノ側はジャンケットと呼ばれる仲介業者に富裕層の接待や金の立て替えをさせてるんだが、負け金を払えない客を監禁したり、その娘たちに売春を強要してるそうだ」

「ジャンケットは、だいたい裏社会と繫がってるんでしょ？」

「そうみたいだね。上客には麻薬を与えて、できるだけ長くカジノで遊ばせてるらしいんだよ」

「客のマイナスがでかくなれば、その分、カジノ側は儲《もう》かるわけだ」

「その通りだ。中国系企業が十年ほど前にラオス北部のボーテンの特区で開いたカジノは負け金を払おうとしない客を次々に人質に取って、家族にもリンチを加えてたらしいよ。汚れ役を押しつけられたのは、ジャンケットだろうね。そんなことで、ラオス政府はカジノの閉鎖を命じたんだ」

「カジノが解禁になれば、日本に来る外国人観光客は増えると思うっすよ。けど、いい思いをするのはホテルやカジノを運営する会社だけなんじゃないっすか。それだから、六割近い人たちがカジノ解禁法案の成立に反対してたんでしょ?」

「カジノ運営会社は日本の政治家や官僚に袖《そで》の下を使っても、後で充分に元は採《と》れると踏んだんだろう。それで去年の六月、『JKエンタープライズ』はIR法案推進派の五人の民自党議員をラスベガスに招待して二千万円ずつ勝たせてやり、泊まってる部屋にハリウッドの新人女優を行かせて、性的なサービスをさせたんだろう」

「班長、高津能徳《たかつよしのり》、末浦武文《すえうらたけふみ》、鏡真知雄《かがみまちお》、大矢正午《おおやしょうご》、仙川勝《せんかわまさる》の五人の議員の渡航記録をチェックしてもらえました?」

浅倉は立花に問いかけた。

「チェック済みだよ。民自党のベテラン議員の五人は間違いなくラスベガスに出かけて、『JKエンタープライズ』が経営してるカジノで遊び、系列のホテルに宿泊してた。五人がルーレットやカードゲームでディーラーたちに勝たせてもらって、ベッドパートナーまで与えられたことまでは確かめようがなかったがね」

「カジノ運営会社と五人のカジノ解禁法案推進派議員の癒着《ゆちゃく》ぶりを知ったケビン・マッケンジーは、去年の七月上旬にロスの自宅近くで何者かに射殺されてます。マッケンジーが山岸遥に教えた情報は事実だったんでしょう」

「そうだと思うね。元刑事の荻野目研二と警察庁の首藤警務局長に関する情報は別働隊が集めてくれてるんだよ。そのうち連絡があるはずだ。そうしたら、二手に分かれて荻野目と首藤局長に張りついてくれないか」

立花が言った。

浅倉は顎《あご》を引き、上着のポケットから煙草とライターを掴《つか》み出した。

4

スカイラインは道玄坂《どうげんざか》を登り切った。

浅倉は助手席で、荻野目研二の顔写真に目を当てていた。元刑事の探偵は、見るからに狡《ずる》そうな目をしている。

別働隊の調べによると、荻野目は依願退職するまで新宿署生活安全課に勤務していたらしい。高卒で一般警察官になり、職階は巡査部長だったという。出世の見込みがないので、転職したようだ。

在職中の評判はあまりよくない。荻野目は少女売春クラブの経営者から遊興費《ゆうきょうひ》をせびっていた疑いを持たれ、本庁警務部人事一課監察に一時期、内偵されていたそうだ。問題のある刑事だったのだろう。

しかし、二週間足らずで監察対象者リストから外された。警察庁警務局局長の首藤学が人事一課監察に圧力をかけたのかもしれない。荻野目と首藤はともに兵庫《ひょうご》県出身で、八年前に県人会で知り合った。以来、二人は個人的なつき合いをしている。

「荻野目の探偵事務所は道玄坂一丁目の外れにあるはずっすから、間もなく目的地に着くっすよ」

乾が運転しながら、小声で言った。

宮内と玲奈は警察庁の近くで張り込み、首藤の動きを探る段取りになっていた。別働隊のメンバーは、ラスベガスに行った五人の民自党議員をマークしてくれることになっている。

「荻野目は新宿署にいたころ、懲戒免職になるような悪事を働いたんじゃないっすかね。免職になったら、退職金は貰えなくなる。荻野目は同県人の首藤に泣きついて、依願退職という形にしてもらえないかと頼み込んだんだろう」

「考えられるな。警察官僚の首藤局長は、公安警察のトップだ。警視庁《うち》の人事一課に圧力《アツ》をかけたら、それを無視するわけにはいかなくなる」

「そうっすよね。キャリアの首藤は荻野目に貸しを作っといて、いずれ汚れ役を押しつける気だったんじゃないっすか」

「首藤局長は、カジノ解禁法案推進特命チームのメンバーだった」

「ええ。内閣府仮設庁舎四階に看板のないチームが設置され、特命事項担当の審議官をトップに、財務省、経済産業省、警察庁のキャリアたち約二十人が集結したっすよね。それで去年の秋にはチームがアメリカ、アジア太平洋、欧州の三班に分かれてカジノの現地調査に飛び立ったはずっすよ」

「首藤も現地調査に出かけてるにちがいない。行き先は不明だがな」

「ええ、そうっすね」

「その前に『JKエンタープライズ』は高津たち五人の民自党議員をラスベガスに招待して、カジノで勝たせてやった上にハリウッドの新人女優を与えてる」

「そのことを神崎がスクープしたら、カジノ解禁法案の成立に反対する議員が続出したでしょうね」

「そうだったろうな」

「リーダー、首藤学が元刑事の荻野目に神崎陽一を始末させた疑いは濃いっすよ。荻野目が実行犯じゃないとしたら、元刑事は加害者を何らかの方法で見つけたんでしょう。五人の推進派議員の汚職がバレたら、まずいことになるっすからね」

「乾、そう急《せ》くな。その疑いはあるが、五人の議員の収賄の証拠を押さえてるわけじゃないんだ」

「ロス市警からケビン・マッケンジーが隠し撮りした映像を借り受けることはできないかな」

「証拠映像はすでにマッケンジーの遺族に返されたと思うよ」

「なら、殺されたマッケンジーの遺族の連絡先を調べて……」

「無駄だろうな。『JKエンタープライズ』は問題の映像を回収済みだと思うよ。首藤学が神崎殺しに関与してるなら、とうに証拠映像は焼却されてるにちがいない」

「くそっ。荻野目はまともに浮気調査をしてるんすかね。何か悪さをしてるようだったら、それを切札にして、元刑事の探偵を追い込んでみましょうよ」

「そうするか」

浅倉は口を閉じた。

それから間もなく、乾が車を左折させた。数十メートル先で、スカイラインを路肩に寄せる。

「二軒先の雑居ビルの二階に、荻野目の探偵事務所があるはずっすよ」

「乾、おまえは車の中で待機しててくれ。二人で動くと、元刑事の荻野目におれたちの正体をすぐに覚《さと》られそうだからな」

　浅倉は言い置いて、助手席から出た。まだ午後五時前だったが、夕闇は濃かった。街灯が点《つ》き、飲食店のイルミネーションが瞬《またた》いている。

　浅倉は雑居ビルに近寄り、プレートを見た。『荻野目探偵事務所』は二階にあった。浅倉はエレベーターの近くにある階段を駆け上がった。

　二階に達すると、五十代後半の男が『荻野目探偵事務所』のドアを蹴《け》っていた。

「ドアを開けないと、あんたを詐欺《さぎ》罪で訴えてやるぞ。荻野目、それでもいいのかっ」

「おれの名を呼び捨てにするな！」

　ドアの向こうで、男が喚《わめ》いた。

「あんたは紳士録にわたしの経歴を載《の》せても、十万の掲載料しか取らないとはっきり言ったじゃないかっ」

「陣内《じんない》さん、耳が悪いんじゃないの？　おれは掲載料が八十万円で、紳士録の購入代が二十万円だとはっきり言ったぞ」

「嘘だ！」

「おたくは町工場の親父《おやじ》の自分が各界の成功者と同じように紳士録に載せてもらえるのは、光栄だと何度も言ったじゃないか」

「十万円の掲載料を払えばいいと言われたんで、わたしはいい宣伝材料になると思ったたんだよ」

「おたく、世間知らずだな。従業員三人のプレス工場の社長が顔写真付きで大企業の社長、弁護士、医者、公認会計士たちと同格に扱われてるんだよ。それだけで、ありがたいと思わなくちゃ。陣内さんは、工業高校を中退したんだったよね？」

「それがどうだと言うんだっ」

「正しくは、中退は最終学歴ってことにならない。おたくの場合は中卒になるわけだ。それではカッコ悪いだろうと思って、高校中退にしてあげたんだよ。感謝してほしいな」

「わたしは学歴コンプレックスなんか持ってない。そんな配慮は無用だよ。インチキな紳士録を返すから、家内がわたしに黙って振り込んだ百万円を返してくれ」

「返金はできない。営業妨害になるから、引き取ってくれっ」

「あんたはペテン師だ。本当に詐欺罪で告訴してやる！」

「好きにしろ。おれは元警察官で、警察庁の偉いさんに目をかけられてるんだ。おたくが力のある弁護士を雇ったとしても、おれが起訴されることはあり得ないだろう」

「こうなったら、意地だ。たとえ裁判費用が何百万かかっても、白黒をつけてやる」

「陣内さんよ、頭を冷やしたほうがいいぜ。五年前に家出した長女は生活費に困って体を売って、二度売春で捕まった。そのことは調べ上げてるんだよ」

「えっ⁉」

「そのことを町内に触《ふ》れ回ったら、あんたは工場を畳んで引っ越さざるを得なくなっちゃうんじゃないの？」

「悪党め！」

「騒ぎたてなきゃ、娘のことは誰にも言わないよ」

「本当だな？」

「ああ、約束する。だから、もう帰ってくれ」

「ちくしょう！」

陣内と呼ばれた男が喚き、『荻野目探偵事務所』から出てきた。

浅倉は陣内に警察手帳を見せてから、二階と一階の間にある踊り場に導《みちび》いた。

「荻野目とのドア越しの遣《や》り取《と》りは聞かせてもらいました。紳士録を百万円で購入させられたようですね？」

「ええ、そうなんです」

「それは、悪徳探偵が昔からやってる手口なんですよ。お知り合いの工場経営者も同じ詐欺に引っかかったんではありませんか？」

「はい、知り合いが四人ほどインチキな紳士録を百万で買わされたそうです。その人たちは泣き寝入りしたみたいですが、わたしは黙ってられなかったんですよ」

「それで、談判に来たんですね？」

「そうなんですが、娘が不始末を起こしたことは事実なんで……」

「泣き寝入りする気になってしまった？」

「はい。刑事さん、荻野目はほかにも何か悪事を働いてるんでしょう？」

陣内が訊いた。

「ある事件に関与してるかもしれないんですよ」

「あの男は悪質な犯罪者です。詐欺の被害者は大勢いると思います。捜査中の事件で無罪でも、早く捕まえてほしいですね。お願いします」

「そうするつもりです。あなたも勇気を出して所轄署に被害届を出してください。娘さんの犯歴のことを他人《ひと》に知られたくないという気持ちはわかりますが……」

「家に帰って家内に相談してみます」

「ぜひ、そうしてください。もう結構です。ご協力、ありがとうございました」

浅倉は軽く頭を下げた。陣内が一礼し、階段を下《くだ》りはじめた。

一瞬、浅倉は二階に駆け上がって『荻野目探偵事務所』に行く気になった。だが、すぐに思い留《とど》まった。インチキな紳士録を高値で売りつけていたことは詐欺罪になるだろう。しかし、切札としては弱い。

浅倉は一階に駆け降り、雑居ビルを出た。スカイラインに乗り込み、見聞きしたことを巨漢刑事に話す。

「そういうことなら、すぐに荻野目を締め上げてもいいんじゃないっすか？」

「強《したた》かな悪徳探偵が詐欺の件を持ち出されても、あっさり神崎の事件にタッチしてると吐くわけない」

「そっか、そうだろうな」

「もっと荻野目の弱点を押さえてから、締め上げることにしよう」

「了解っす」

乾が口を結んだ。

コンビは、スカイラインのフロントガラス越しに雑居ビルの出入口に目を向けつづけた。時間が虚《むな》しく流れる。

宮内が浅倉に電話をかけてきたのは午後七時二十分ごろだった。

「対象《マルタイ》の局長は職場を出て、平河町《ひらかわちょう》のレストランに入りました。特命チームの官僚たちが何人も店の中に消えましたから、カジノ解禁法案をすんなり成立させるために知恵を出し合った事実をなかったことにするつもりなんでしょう」

「そうなんだろうな。特命事項担当の審議官は、もうレストランに到着してるのか？」

「いいえ、まだです。そのうち審議官も店に着くと思いますよ。荻野目に何か動きはありました？」

「気になる動きはないんだが、元刑事の弱みを知ることができたよ」

浅倉は経過を語った。

「紳士録を法外な値で売りつけたことは荻野目を追い込む材料になるでしょうが、ちょっと弱い気がしますね」

「おれもそう判断したんで、もう少し大きな切札を摑《つか》もうと思ってるんだよ」

「そうですか。あっ、ラスベガスに招待された大矢正午議員、六十四歳が店の中に入っていきました。別働隊のメンバーが大矢を尾行してたようです」

「そうか。残りの四人の議員もレストランに招《よ》ばれてるのかもしれないな。宮内、会食の後《あと》に五人のうちの誰かが首藤局長と別の場所で密談するようだったら、別働隊と一緒に張り込んでくれ」

「わかりました」

通話が終わった。浅倉は、宮内の報告を乾にかいつまんで話した。

「首藤局長に下半身スキャンダルでもあれば、追い込むことはできるんすけどね。警察官僚《キャリア》たちは出世の妨《さまた》げになるような行為は慎《つつし》んでるっすから……」

「そうだな。警務局長が若い女を愛人《レコ》にしてるとは思えないし、二人の息子も品行方正なんだろう」

「おれたちみたいな女好きじゃないでしょうね。首藤は官邸肝煎《きもい》りの特命チームのメンバーに選ばれたぐらいだから、いずれ政界入りしたいと考えてるんじゃないっすか？」

「そうかもしれないな。国会議員になるまでは高潔なイメージを保《たも》ってなきゃいけないから、首藤学の私生活は少しも乱れてないんだろう」

「おれも、そう思うっすよ。けど、相当な野心家みたいっすから、政界進出の際に民自党の最大派閥のバックアップが得られるという確約があったら、五人の議員の収賄を揉《も》み消しそうだな。さらに、カジノ解禁法案推進派たちの汚職を知った神崎陽一を誰かに葬《ほうむ》らせることも……」

「厭《いと》わない？」

「でしょうね。首藤は、目をかけてる荻野目に神崎を始末してくれと指示したんじゃないっすか。まだ確証は得てないっすけど、おれはそう睨んでるんすよ」

「おまえの推測が正しかったら、警察は威信《いしん》を失うことになる」

「そうっすね。警察庁《サッチョウ》の局長が神崎殺しにタッチしてるとは思いたくないっすけど、状況証拠では首藤はクロっぽいな」

乾が口を閉じた。

そのとき、雑居ビルから荻野目が現われた。茶系のスーツに、黒いチェスターコートを重ねている。コートの素材はカシミヤっぽい。

紳士然とした身なりだが、顔つきが卑《いや》しく見える。目の動きに品がなかった。

荻野目は少し歩き、道玄坂に面した割烹店《かっぽうてん》に入った。低速で対象者を追尾していた乾が車を道玄坂に駐めた。

「面が割れてないっすから、おれ、荻野目が入った店の客になるっすよ」

「そうしてもらうか。乾、飲みたいんだったら、飲んでもかまわないぞ。おれが車を運転するから、一杯飲《や》ってこい」

「自分だけ飲むわけにはいかないっすよ。ノンアルコール・ビールを飲みながら、ちょっと肴《さかな》を喰ってくるっす」

「荻野目が店で誰かと落ち合ったら、相手の正体を探ってくれ」

浅倉は言った。乾が黙ってうなずき、割烹店に足を向けた。肩をそびやかし、蟹股《がにまた》で歩いている。どう見ても、暴力団関係者だ。

入店を断られないことを祈ろう。

浅倉は小さく苦笑し、セブンスターをくわえた。山岸遥は、もう従妹の真紀の自宅マンションに避難しただろう。遥がニュータイプの犯罪組織に命を狙われるようなことがあったら、傍観はしていられない。真紀に好印象を持たれたいという気持ちもあったが、神崎殺しの犯人を自分で捜そうとした遥の度胸と心意気に打たれていたのだ。

三十分ほど過ぎたころ、立花班長から浅倉に電話がかかってきた。

「別働隊のリーダーの調べで、『ＪＫエンタープライズ』の幹部社員たちが昨秋から三度も来日して、首都圏の広大な売地を見て回ってることがわかったそうだ」

「統合型リゾートの候補地を探しはじめてるんでしょうね」

「そう考えてもいいだろう。カジノ運営会社はカジノ解禁法案が成立したんで、候補地選びをはじめたんだろうな」

「そうなんでしょう。推進派議員五人の収賄を立件させなければ、神崎陽一は浮かばれません。そうしてやらなければ、それこそ硬骨なフリージャーナリストは犬死にしたことになってしまいますので」

浅倉は言葉に力を込めた。

「そうだね。しかし、立件材料を揃《そろ》えるのは簡単ではなさそうだな。橋爪刑事部長がロス市警に日系アメリカ人の捜査官がいると教えてくれたので、早速、電話をしてみたんだよ。ハロルド井関《いせき》という捜査官に、ケビン・マッケンジーが隠し撮りしたビデオ映像のことを訊いたんだ」

「それで？」

「ロス市警が捜査資料として借りた映像は、去年の九月上旬にオレゴン州のマッケンジーの実家に郵送したんだそうだ。しかし、数日後、実家は何者かに放火されて全焼してしまったというんだよ。マッケンジーが射殺された夜、ロスの自宅アパートも誰かに物色されたらしいんだが、問題の映像は密封されてトイレの貯水タンクに隠されてたんで……」

「持ち去られずに済んだわけですか」

「そうなんだが、マッケンジーの実家に送られた証拠映像は灰になってしまっただろう」

「そうでしょうね。おそらく『JKエンタープライズ』に雇われた犯罪者がケビン・マッケンジーを撃《う》ち殺し、実家に火を放ったんでしょう」

「だろうな」

「『JKエンタープライズ』と繋がってるマフィアは、イタリア系なんでしょうか?」

「いや、用心棒《ケツモチ》はベトナム系のマフィアらしいんだよ。グエン・ミッチャムと自称してるボスは八十歳近いんだが、かつてベトナム政府軍の将校で捕虜のベトコンを何百人も残虐なやり方で処刑したとかで、冷血漢そのものらしい」

「そうですか」

「宮内あたりにラスベガスに飛んでもらおうかと思ってたんだが、カジノのディーラーたちが五人の議員たちにイカサマで二千万を勝たせてやったと認めるとは思えない。ホテルの総支配人だって、議員たちの部屋にハリウッドの新人女優が送り込まれてたと証言するはずないだろう?」

「でしょうね。『JKエンタープライズ』は日本の刑事が嗅《か》ぎ回ってるとわかったら、ベトナム人マフィアに殺人《コロシ》を依頼するでしょう」

「考えられるね。そんなことで、議員汚職を立件するのは容易じゃないだろうと思ったんだ。それはそうと、荻野目に何か動きは?」

立花が問いかけてきた。浅倉は荻野目があくどい商売をしていることを教え、ポリスモードを懐に収めた。

乾が覆面パトカーに戻ってきたのは午後九時五十分ごろだった。

「荻野目はつき合ってる三十四、五の女と酒を飲んでたっす。女は宇田川町《うだがわちょう》で『マスカレード』というスナックを経営してるようです。和香菜《わかな》と呼ばれてました。苗字《みょうじ》まではわからなかったすね」

「そうか」

「きょうはスナックは休業みたいっすよ。二人は何軒か梯子《はしご》してから、ホテルにしけ込むんじゃないっすか」

「だとしたら、今夜、荻野目を追及することはできそうもないな」

浅倉は長嘆息《ちょうたんそく》した。

その数秒後、懐で私物のスマートフォンが振動した。浅倉は手早くスマートフォンを摑み出した。発信者は芳賀真紀だった。アイコンをスライドさせる。

「従姉がまだ来ないんです。スマホに何十回も電話してみたんですけど、ずっと電源は切られたままなんですよ」

「山岸さんは午後七時にきみの部屋に行くと言ってたな」

「ええ、そうなんですよ。わたし、会社からまっすぐ帰宅して、従姉を待ってたんです。

でも、いっこうに来ないんです。従姉は『ハッサン国』に日本人の戦闘員を大量に送り込もうとしてる頭脳犯罪組織に連れ去られたのかしら？　わたしの借りてるマンションの周《まわ》りに怪しい男たちがいるんで、ひとりでは心細いの。浅倉さん、わたしの部屋に来ていただけませんか。わたし、怖《こわ》くてたまらないんです」

「わかった。なるべく早く行くよ」

浅倉は真紀の自宅の住所を聞くと、電話を切った。乾に通話内容を教える。

「おれも一緒に行くっすよ」

「いや、おまえは単独で張り込みを続行してくれ。荻野目の気が変わって、連れの女と別れるかもしれないからな」

「そっか」

「公私混同になるが、中目黒の芳賀真紀の自宅マンションに行かせてくれ」

「いいっすよ。応援が必要になったら、電話してください」

「わかった」

浅倉はスカイラインを降り、通りかかったタクシーに手を挙げた。

第四章 消された政治家たち

1

なんの応答もない。

不吉な予感が浅倉の胸中を掠《かす》めた。部屋の主は、何者かに連れ去られたのか。『中目黒レジデンス』の五〇一号室には照明が灯《とも》っている。

浅倉は、ふたたびインターフォンを鳴らした。ややあって、ドアの向こうで真紀が怒声を張り上げた。

「いい加減にしないと、一一〇番しますよっ。わたしは本当に従姉から何も預ってませんよ。あなたたちは、日本の若い男性を戦闘員として『ハッサン国』に送り込もうとしてるんでしょ？　そのことを取材で知った従姉をどこかに監禁したんじゃないのっ」

「芳賀さん、おれだよ」

「その声は浅倉さんね？」

「そうだよ」

「ごめんなさい！　少し前に正体不明の男が訪ねてきて、従姉からデジカメやＩＣレコーダーを預かってないかとしつこく訊《き》いたの」

「ドアを開けてもらえないか」

浅倉は言った。ドア・チェーンが外され、アイボリーの扉が押し開けられた。真紀はカジュアルな衣服をまとっていた。

浅倉は入室し、後ろ手にドアを閉めた。

「部屋に来たのはどんな奴だった？」

「黒いキャップを被《かぶ》ってサングラスをかけてたので、顔はよくわかりませんでした。でも、体型は若々しかったわ。多分、二十代の後半でしょうね」

「そう。そいつは、ニュータイプの犯罪組織の者だと匂《にお》わせた？」

「いいえ。わたしがドア・チェーンを掛けたままで扉を細く開けたら、従姉の山岸遥から何か預かってないかと言っただけで……」

「それだから、『ハッサン国』に戦闘員を送り込もうとしてる連中のメンバーではないかと思ったわけだね？」

「そうなんです。どうぞ上がってください」

真紀が玄関マットの上にボアのスリッパを揃《そろ》えた。浅倉はアンクルブーツを脱いで、スリッパを履《は》いた。

手前に六畳ほどの広さのダイニングキッチンがあった。奥には二つの居室が並んでいた。右側は寝室のようで、ドアは閉められている。左側は和室だ。襖《ふすま》は開いていた。

浅倉はコートを脱いで、北欧調のダイニングテーブルに向かった。真紀が手早くコーヒーを淹《い》れ、浅倉と向き合う位置に坐《すわ》った。

「山岸さんのスマホは、いまも電源が切られたままなのかな？」

「ええ、そうです。浅倉さんに電話をしてから、わたし、五、六分置きにコールしてみたんですよ。でも、やはり電話は……」

「そう」

「従姉は自宅マンションを出た直後に拉致《らち》されて、どこかに閉じ込められてるんじゃないかしら？」

「そうかもしれないし、うまく逃げて安全な場所に身を潜《ひそ》めてるとも考えられるな」

「後者だとしたら、従姉はわたしにもっと早く中目黒には来られないって連絡してくると思うんですよ。いい加減な人間ではありませんから」

「そうだろうね。きみが言ったように山岸さんは拉致されて、どこかに監禁されてるんだろう。スマホを取り上げられ、電源を切られてしまった。だから、山岸さんはきみに連絡できなかったんじゃないか」

「警察に早く従姉を救い出してもらいたい気持ちで一杯ですけど、監禁場所は見当もつかないんです。従姉から頭脳犯罪組織のことを詳しく聞いてたわけじゃないので、警察に手がかりは提供できません」

「そうだね」

「こういうケースだと、一一〇番しても警察は動きようがありませんでしょ？　従姉の自宅に手がかりがあるかもしれないけど、マンション管理会社の社員はもう帰宅してしまったと思います」

「だろうね。いただくよ」

浅倉はコーヒーをブラックで啜《すす》り、言い重ねた。

「きみが立ち会ってくれるんだったら、おれがピッキング道具を使って山岸さんの部屋のドア・ロックを解《と》いてもいいよ」

「どうしたら、いいのかな。従姉妹《いとこ》同士ですけど、わたしの独断では決められないでしょ？　血縁者にも見られたくない物が従姉の部屋にあるかもしれないわけですから」

「ランジェリーの類《たぐい》のことかな」

「そういう物だけではなく、スクープできそうな取材メモや映像なんかは他人《ひと》に見られたくないでしょ？」

「そうだろうね」

「困ったわ」

真紀が思案顔になった。

会話が中断したとき、寝室と思われる部屋でスマートフォンの着信音が響いた。真紀が浅倉に断って、急いで椅子《いす》から立ち上がった。そのまま洋室に走り入る。

発信者は山岸遥なのではないか。浅倉はそんな気がした。耳をそばだてる。

「遥ちゃん、何があったの？　無事なのね？」

真紀がスマートフォンを耳に当てながら、ダイニングキッチンに移ってきた。安堵《あんど》した顔つきだった。

「ええ、怪しい男がわたしの部屋にやってきたわ。それで、遥ちゃんからデジカメやICレコーダーを預かってないかって」

「…………」

「ええ、とても怕《こわ》かったわ。わたし、不安でたまらなかったので、警視庁の浅倉さんに部屋に来てもらったの」

「…………」

「いま、替わるわ」

「山岸さんだね？」

浅倉は椅子から立ち上がって、真紀が差し出したスマートフォンを受け取った。すぐに右耳に当てる。

「ご迷惑をかけて、ごめんなさい」

「どうってことありませんよ。それより、何があったんです？」

「夕方の六時半ごろ、自宅マンションの近くで二人の男に白いアルファードに押し込まれたんです。すぐに目隠しをされ、口許《くちもと》にスポーツタオルを嚙《か》まされたの。両手に粘着テープを巻かれて、後部座席に寝かされました」

「それから？」

「車がどのくらい走ったのかわからないけど、わたしはマンションの一室に連れ込まれたの。一階だったわ」

「目隠しは外してもらえなかったんですね？」

「ええ。片桐《かたぎり》と呼ばれてたリーダー格の男が待ち受けていて、自分らのグループのしてることに関心を持ちつづけると、長生きできないぞと威《おど》されました。そのとき、取材した映像と録音音声はどこにあるかとも訊かれたわ」

「そいつらは、例のニュータイプの犯罪組織のメンバーなんだろうか？」

「ええ、そうだと思います。グループを率《ひき》いてるのは矢代猛《やしろたける》という三十三歳の元予備校講師なんだけど、ホテルを転々と泊まり歩いてるようで居所《いどころ》がわからないの」

「確認させてもらいたいんですが、神崎陽一さんは矢代たちのグループのことは取材してなかったんでしょう？」

「ええ。矢代が彼の事件に関わってる疑いはゼロだと思います」

「わかりました。山岸さんは監禁場所から逃げることができたんでしょ？」

「ええ、数十分前にトイレに行く振りをして逃げ出したの。蒲田《かまた》の密集住宅地の中にある三階建ての低層マンションの一室に閉じ込められてたことはわかったんだけど、細かいことは調べられませんでした。わたしを拉致した二人組が追いかけてきたんで、懸命に逃げたんです」

「追っ手をうまく振り切れたのかな？」

「はい。いま、わたしはJR蒲田駅近くのネットカフェにいます。従妹の部屋にも矢代の手下が行ったようだから、わたしは夜が明けるまで……」

「そこに隠れてたほうがいいでしょう。蒲田署に連絡して、監禁場所を特定してもらいますよ」

「それはやめてください。矢代の手下が捕まったりしたら、頭脳犯罪組織の幹部連中は散り散りに逃亡するでしょう」

遥が言った。

「しかし……」

「グループの何人かを監禁罪で逮捕しても、なんの意味もありません。わたしは矢代の組織を丸ごとぶっ潰《つぶ》したいんです。ですので、しばらくほうっておいてほしいの。わたしのことより、従妹の真紀の身が心配です。矢代はわたしの従妹を人質に取って、自分らに不都合な映像や録音音声を手に入れる気なんだと思います」

「そこまでやりそうだな」

「浅倉さん、従妹を安全な場所に移してガードしてあげてもらえますか？」

「わかりました」

浅倉は遥に言って、スマートフォンを真紀に返した。真紀が遥と数分話して、電話を切る。

「山岸さんに言われただろうが、この部屋にいるのは危険だ。また、おかしな男が訪ねてきて、今度はきみを人質に取るかもしれないからね」

「従姉も、それを心配してました。でも、この時刻に友達の部屋に泊めてもらうわけにはいかないわ。といって、ひとりでホテルに泊まるのは不安です」

「控えの間のあるスウィートを取ろう。おれはベッドルームの横のソファに横になって、夜通しガードしてやるよ」

「でも、知り合って間もない浅倉さんにそこまでしていただくのは気が引けます」

「きみに襲いかかったりしないから、妙な心配はいらないよ」

「あなたがそんなことをするとは思っていません」

「だったら、着替えを手早くバッグに詰めてくれないか。まごまごしてたら、怪しい男がやってきそうだからね」

浅倉は急《せ》かした。

真紀が少し迷ってから、右手の洋室に消えた。浅倉はダイニングテーブルにつき、残りのコーヒーを飲んだ。着替えを終えた真紀が部屋から出てきたのは、およそ十分後だった。

「戸締まりもあるだろうから、先に出てるよ」

浅倉は椅子から立ち上がって、真紀の部屋を出た。

歩廊《ほろう》から、道路を見下ろす。不審者の姿は目に留《と》まらなかった。小さなトラベルバッグを提《さ》げた真紀が部屋から現われた。

二人はマンションを出ると、近くの山手《やまて》通りまで歩いた。タクシーに乗り込み、浅倉は渋谷《しぶや》の公園通りに面したシティホテルの名を告げた。

目的のホテルに着いたのは二十数分後だった。

浅倉は真紀をロビーに待たせ、フロントに急いだ。首尾《しゅび》よくスウィートルームは空《あ》いていた。一泊分の保証金を払い、カードキーを受け取る。

二人は最上階にある部屋に落ち着き、控えの間でひとしきり雑談を交わした。

話題が尽きたとき、浅倉は真紀にシャワーを使って先に寝《やす》むよう勧《すす》めた。真紀は少しためらいを見せてから、バスルームに向かった。

それから五分ほど経《た》ったころ、乾から電話がかかってきた。

「リーダー、予想外の展開になったっすよ。荻野目は割烹店を出ると、和香菜と休業中の『マスカレード』で二人っきりで飲みだしたんすね」

「そのほうが安上がりだからだろう。悪徳探偵はセコいみたいだな」

「おれも、そう思いました。でも、数十分前に金のありそうな六十年配の男が『マスカレード』に入っていったんす。その男はママに気があるようで、強引にキスしたり、着物の裾《すそ》を割って大事なとこをいじったみたいなんすよ」

「そのことを恐喝《きようかつ》材料にして、荻野目は金を強請《ゆす》る気なんだろうな」

「ビンゴっす。六十年配の男は土下座して、荻野目に八百万円の現金を渡したんすよ」

「被害者の証言をICレコーダーに録《と》っといてくれ。そいつを切札にして、荻野目を追い込もう」

「了解っす。そちらはどうなりました?」

「神崎殺しとは関わりがないんだが、少し動きがあったよ」

浅倉は経過をかいつまんで話した。

「山岸遥は、『ハッサン国』に無責任に日本の若い奴らを送り込もうと企《たくら》んでる頭脳犯罪組織を潰したいと考えてるんっすね」

「遥はそう言ってたよ」

「研究者や学者になれなかったからって、一気にアナーキーになっちゃう若い奴らの頭ん中がわからないっすね。それはそうと、ホテルのツインの部屋を取ったんでしょ？」

「ばか言え。シングルルームを二部屋取ったんだ」

「本当っすか。なんか疑わしいな。ガードしなきゃならない女が別室にいたら、護《まも》りきれないと思うっすけどね」

「おれは聴覚はいいんだ。隣の部屋に異変があったら、すぐ気配でわかるさ」

「これ以上は詮索《せんさく》しないっすよ」

乾が笑いを含んだ声で言い、通話を切り上げた。

そろそろ真紀がバスルームから出てくるかもしれない。控えの間を横切らなければ、ベッドルームには入れない。親しくもない男に湯上がり姿を見られるのは恥ずかしいだろう。浅倉は、控えの間の照明の光度を下げた。

そのすぐ後、白いバスローブ姿の真紀が目の前を過《よぎ》った。

「先に寝《やす》ませてもらいますね」

「おれがいるから、何も不安がることはないよ」

浅倉は言った。真紀がうなずき、ベッドルームに入った。浅倉はドアが閉められてから、長椅子に横になった。

仄暗《ほのぐら》い控え室の天井を見上げていると、つい真紀の寝姿を想像してしまう。裸身を思い描いているうちに、次第に淫《みだ》らな気持ちになってきた。

浅倉は気分を変えることにした。起き上がって、浴室に足を向ける。浅倉はボディーソープの白い泡を全身に塗りたくり、熱めのシャワーを浴びた。さっぱりとした。

浅倉はバスタオルで濡《ぬ》れた体をよく拭《ぬぐ》って、すぐ服をまとった。控えの間に戻り、一服する。その後はやることがなかった。

浅倉は、ふたたびソファに寝そべった。

うっかりすると、瞼《まぶた》が垂《た》れてくる。そのつど、煙草を喫《す》って眠気を追い払った。

寝室で真紀が悲鳴をあげたのは小《こ》一時間後だった。

浅倉は跳《は》ね起き、寝室に駆け込んだ。フットライトが灯《とも》っているきりで、室内は薄暗い。真紀は寝具の中で体を丸め、わなわなと震えていた。

浅倉はベッドに走り寄った。

「どうした？　怖《こわ》い夢でも見たのかな」

「え、ええ。従姉とわたしが太い樹木に縛《しば》りつけられて、槍《やり》で何度も突き刺される夢を……」

「そう。これまでに最も楽しかったことを思い出してごらん」

「そうします」

真紀の声は震えを帯びていた。浅倉はベッドに斜めに腰かけ、夜具の上から真紀の体を抱いた。

「従姉とわたしは元予備校講師が率いるグループにいつか囚《とら》われて、殺されてしまうんじゃないかしら？　そう考えると、体の震えが止まらないんです。もっと強く抱いてくれませんか」

「わかった」

「もっともっと強く抱いて！　悪寒《おかん》のように全身が震えて、歯の根も合わないんです」

真紀が訴えた。実際、彼女は歯を小さく鳴らしている。

このままでは、なかなか震えは止まりそうもない。浅倉は上着を脱ぎ捨てた。アンクルブーツを脱ぎ、羽毛蒲団をはぐった。真紀は胎児のように四肢《しし》を縮めている。

「失礼するよ」

浅倉は添い寝をするなり、真紀を抱き寄せた。真紀が全身でしがみついてきた。震えが伝わってくる。

浅倉は両腕に力を込め、真紀の下半身に脚《あし》を絡めた。恐怖のせいか、真紀の全身は氷のように冷たかった。

「こうしてれば、やがて震えは熄《や》むと思うよ」

「す、すみません。わたし、弱虫ですね」

「恐い夢を見たら、誰だって平気でいられなくなるさ」

「少し気持ちが落ち着いてきました。でも、まだ恐怖が……」

「そうだろうな。何かに夢中になってれば、その間は恐怖を忘れるんだろうがね」

浅倉は言った。別に下心があったわけではない。

「わたしを抱いてくれませんか」

「本気なの？」

「もちろんです。何かに熱中して、厭《いや》な夢のことを忘れたいんですよ。ね、お願い！」

真紀が頬を擦《す》り寄せてきた。据《す》え膳《ぜん》を喰《く》わなかったら、相手に失礼になる。いずれ真紀と肌を重ねたいとも思っていた。

浅倉は真紀の上に優しく覆《おお》い被《かぶ》さり、官能的な唇をついばみはじめた。

すぐに真紀も鳥のように浅倉の唇をついばんだ。二人はバードキスを交わし、舌を深く吸いつけた。

浅倉は真紀の舌を吸いつけながら、布の上から砲弾を連想させる乳房をまさぐりはじめた。

2

真紀の寝息は規則正しい。

熟睡しはじめたのだろう。浅倉は、ひと安心した。長い情事が終わったのは、七、八分前だった。

真紀は狂おしく乱れに乱れた。そのせいで、疲れ果ててしまったのだろう。後戯《こうぎ》の途中で眠りに落ちた。浅倉は静かに結合を解いた。二人とも全裸だった。

情事の場面《シーン》が蘇《よみがえ》る。

ディープキスを交わしながら、浅倉は柔肌を愛撫《あいぶ》しつづけた。そうするうちに、真紀の体は少しずつ火照《ほて》りはじめた。

浅倉はゆっくりと真紀を裸にし、自分も衣服やトランクスをかなぐり捨てた。

改めて胸を重ねる。真紀の乳房はラバーボールのように弾《はず》んだ。すでに乳首は尖《とが》っていた。

メラニン色素は淡かった。滑《すべ》らかな肌は抜けるように白い。

浅倉は繰り返し舌を絡めた。吸いつけ、上顎《うわあご》の肉や歯茎《はぐき》も舌の先で掃《は》いた。意外に知られていないが、どちらも性感帯である。

二人は口唇愛撫を施《ほどこ》し合ってから、穏《おだ》やかに体を繋いだ。

襞《ひだ》の群れがペニスに吸いついてくる。緩《ゆる》みはなかった。浅倉は断続的に締めつけられた。

二人は幾度か体位を変え、正常位《ラーゲ》でゴールをめざした。

浅倉は突き、捻《ひね》り、また突いた。真紀がリズムを合わせる。

二人は、ほぼ同時にゴールインした。射精感は鋭かった。背筋が甘く痺《しび》れ、頭の中が白《はく》濁《だく》した。真紀はスキャットのような声を零《こぼ》しつづけた。

二人は余韻《よいん》を味わってから、唇を重ねた。そうこうしているうちに、真紀は眠りに落ちていた。

浅倉は情交シーンを思い出しているうちに、頭の芯《しん》が冴《さ》えてしまった。素っ裸の真紀を包み込んだまま、時間を遣《や》り過ごす。自然と寝入ってしまったのは明け方だった。

真紀に揺り起こされたのは午前八時過ぎだ。彼女はパンツスーツを身につけ、薄化粧をしていた。綺麗《きれい》だった。

「起こしたくなかったんだけど、メモを残して先にホテルを出るのは悪いと思ったので……」

「うっかり眠っちゃったんだな」

浅倉は上体を起こした。

「いろいろわがままを言って、あなたには迷惑をかけてしまったわ。でも、おかげで恐怖心は消えました」

「それはよかった」

「わたし、会社に行こうと思ってるの。浅倉さんにずっとガードしてもらうわけにはいかないでしょ？　職場にいれば、変な男は近づいてこないだろうと判断したの」

「そういうことなら、おれがタクシーできみを勤め先まで送るよ。ちょっと待っててくれないか」

「わたし、ホテルの前からタクシーに乗ります。浅倉さんはもう少しゆっくりしてから、チェックアウトされたら？　そうだわ、立て替えていただいた保証金をお支払いしなければね」

「金はいいんだ。おれがホテルに泊まったほうがいいと勧めたんだからさ」

「でも……」

「おれたちは、もう他人じゃなくなったんだ。妙な遠慮はしないでくれよ」

「いいのかしら？　なら、こうしてください。そのうち、ご飯を奢《おご》らせて」

「オーケー、それで充分だよ。シャワールームに行きたいから……」

浅倉は言った。真紀が控えの間に移る。浅倉はベッドから出た。

脱ぎ散らかしておいた衣服はきちんと畳まれ、長椅子の上に置かれている。浅倉はトランクスを穿《は》き、浴室に向かった。

急いでシャワーを浴び、髭《ひげ》も剃《そ》る。浅倉はシャワールームを出ると、身仕度《みじたく》を済ませた。

「コーヒーとビーフサンドをルームサービスで頼もうか」

「あまり食欲がないの。あなたがコーヒーを飲みたいんだったら、そうして」

「いや、いいよ。それじゃ、チェックアウトしよう」

二人は部屋を出て、一階に下《くだ》った。

浅倉だけがフロントに立ち寄り、精算を済ませた。ホテルの前には四台のタクシーが待機している。

「今夜は、おれの部屋に泊まればいいよ」

浅倉は自宅マンションのスペアキーを取り出した。

「ありがとう。でも、今夜は学生時代の友人のマンションに泊めてもらうつもりなの」

「遠慮するなって。おれは職務で何時に帰宅できるかわからないが、先に寝ててもかまわないからさ。ベッドはセミダブルだから、くっついて寝れば眠れると思うよ」

「そこまで甘えられないわ。明後日《あさって》からは、ウィークリーマンションに泊まることにしたの。しばらく自分の部屋に戻るのは、なんだか不安だから」

真紀が言った。

「ウィークリーマンションにひとりでいたら、多分、眠れないだろう。おれの部屋なら、寝られると思うがな」

「あなたの厚意は嬉しいけど、いくらなんでも図々しすぎるわ。これ以上、親しくなったら、わたし、浅倉さんにまつわりつくことになるかもしれないから……」

「昨夜《ゆうべ》のことは、単なる遊びじゃないつもりだよ。先のことはどうなるかわからないが、しばらくつき合ってみないか。迷惑かな？」

「ううん、そんなことないわ」

「だったら、おれの部屋に来なよ」

浅倉は自宅マンションの住所を教え、部屋のスペアキーを真紀に手渡した。真紀が鍵《かぎ》をバッグに収める。

二人はタクシーに乗り込んだ。真紀の勤務先は銀座《ぎんざ》にある。浅倉は真紀を職場に送り届け、本部庁舎に回ってもらった。

アジトに入ると、立花班長が自席で捜査資料に目を通していた。部下たちはまだ登庁していなかった。

「おはようございます」

浅倉は朝の挨拶《あいさつ》をしたが、まともに班長の顔を見ることができなかった。張り込みの現場を独断で離脱した後ろめたさがあったからだ。

「浅倉君、昨夜《ゆうべ》は粘った甲斐《かい》があったね」

立花が言った。

「はあ?」

「乾君の報告によると、きみら二人は荻野目研二が愛人のセクハラ問題を種《ネタ》にして『マスカレード』の客から現金八百万円を脅し取った事実を押さえてくれた。そうだね?」

「ああ、そのことですか」

浅倉は話を合わせた。

「元刑事の悪徳探偵に司法取引をちらつかせれば、神崎殺しに関与してたかどうか吐きそうだね。それから、警察庁の首藤局長が事件に絡んでたかどうかも聞き出せそうじゃないか」

「ええ、そうですね。乾が登庁したら、あいつと一緒に荻野目を揺さぶってみますよ」

「そうしてくれないか。宮内・蓮見班は収穫がなかったと少し落胆してたが、首藤局長はそう簡単にはボロを出さないだろう。平河町のレストランを出ると、まっすぐ帰宅したという報告だったからな」

「警務局の局長に張りついてても、何も得られないかもしれませんね」

「そうだろうな。しかし、荻野目には大きな弱みがある。恐喝罪で捕まりたくなかったら、ある程度のことは白状するだろう。首藤局長に頼まれて神崎陽一を始末してたら、そのことまでは自白しないだろうが……」

「ええ、そこまでは自供しないでしょうね。ですが、去年十一月の撲殺事件に絡んでるとしたら、狼狽《ろうばい》はすると思いますよ」

「そうだろうな」

立花が口を閉じた。

数分後、玲奈が秘密刑事部屋に顔を出した。

「リーダー、なんだか眠そうですね。荻野目の張り込みは半徹夜だったんですか？」

「日付が変わるまで張り込みと尾行をしてたんだが、それなりの収穫はあったよ」

浅倉は澄ました顔で、乾から聞いた話を喋《しゃべ》った。話し終えると、元ＳＰの宮内がアジトにやってきた。

玲奈が宮内に浅倉・乾ペアが前夜、手がかりを得たことを伝える。

「リーダー、さすがですね」

宮内は感心した様子だった。浅倉は後ろめたさを感じ、話題を変えた。宮内と雑談をしていると、巨漢刑事がアジトにのっそりと入ってきた。

浅倉は、目で前夜のことを乾に詫《わ》びた。乾がポーカーフェイスで、ソファにどっかと坐る。

「ひと休みしたら、きみは浅倉君と一緒に荻野目に揺さぶりをかけてくれないか」

立花班長が乾に声をかけた。

「了解っす」

「悪徳探偵はナイフぐらい持ち歩いてるかもしれないな。拳銃を携行したほうがいいんじゃないか」

「テイザーガンは持っていくつもりっす」

「そうしたほうがいいね」

「ええ」

「宮内・蓮見班は、きょうも首藤局長の動きを探ってくれないか」

「わかりました」

宮内が短く返事をする。玲奈がワゴンに歩み寄って、五人分の日本茶を淹《い》れた。

浅倉・乾班は緑茶を飲むと、アジトを出た。

「セクハラの件で八百万円を荻野目に脅し取られた六十男の被害証言は、ICレコーダーに録《と》ってくれたな？」

浅倉は歩きながら、乾に確かめた。

「抜かりないっすよ。『マスカレード』のママにキスしたり、下半身にタッチしたのは舟《ふな》山繁《やましげる》っす。六十一歳だったと思います。渋谷で不動産屋をやってて、商業ビルも所有してるって話でしたっすね」

「そうか」

「舟山は、一種の美人局《つつもたせ》に引っかかったとぼやいてました。ママの和香菜は舟山の耳許《みみもと》でパトロンを探してると囁《ささや》いて、着物のときは和装用のパンティーも穿《は》かないようにしてると欲情をそそったらしいんすよ」

「で、不動産屋の親父は店でセクハラ行為に及んでしまったわけか」

「そう言ってたっすね」

「荻野目の情婦《おんな》も性悪《しょうわる》みたいだな。類《るい》は友を呼ぶってことなんだろう」

「そういうことなんじゃないっすか」

乾がスカイラインに駆け寄って、運転席に入った。浅倉は足を速《はや》め、助手席に乗り込んだ。

スカイラインは渋谷に向かった。道玄坂の目的の雑居ビルに着いたのは三十数分後だった。コンビは覆面パトカーを路上に駐《と》め、雑居ビルの二階に上がった。

だが、『荻野目探偵事務所』のドアはロックされていた。悪徳探偵はスナックのママと肌を貪《むさぼ》り合って、まだ眠っているのかもしれない。

浅倉たち二人はスカイラインの中に戻り、荻野目を待つことにした。元刑事の悪徳探偵が自分のオフィスに入ったのは正午前だった。眠そうな顔をしている。

浅倉たちはノックもせずに、『荻野目探偵事務所』に躍《おど》り込んだ。応接セットのソファから荻野目が勢いよく立ち上がった。

「無断で入ってくるなんて、無礼じゃないかっ。おたくら、どこの誰なんだ？」

「本庁の者だよ」

浅倉は姓だけを教え、警察手帳を短く呈示した。乾は突っ立ったままで、名乗りもしなかった。荻野目を睨《ね》めつけている。

「おれは警察ＯＢなんだ。後輩なら、きちんと礼を尽くすべきだろうが！」

「あんたにそれだけの価値はない。偉そうなことを言うんじゃないっ。あんたは昨夜《ゆうべ》、舟山という『マスカレード』の客から現金八百万を脅し取ったな。あんたと店のママは親密な関係だとわかってるんだ。舟山繁をハニートラップに仕掛けたんだろっ」

「なんの話か見当もつかないな」

「とぼけんじゃねえ！」

乾がコートのポケットから小型ＩＣレコーダーを取り出し、すぐに再生ボタンを押し込んだ。

舟山の音声が流れはじめた。恐喝されるまでの経緯がつぶさに語られる。

「舟山って男は虚言癖《きょげんへき》があるんだよ。商業ビルを九棟も所有してるから、自分の愛人になれば、一棟あげると和香菜をしつこく口説《くど》いてたんだ」

「だから、嫉妬《しっと》に狂って舟山を嵌《は》めて八百万円をせしめたわけか。おれ、あんたみたいな奴は許せないっ」

「おれを恐喝容疑で逮捕《パク》りにきたのか？」

荻野目が浅倉に問いかけてきた。

「通常、薬物や銃器事案のほかは司法取引は禁じられてる」

「そんなことは知ってるよ」

「あんた、去年の十一月に四谷署管内で発生した撲殺事件に関与してるんじゃないのか。殺されたのは、フリージャーナリストの神崎陽一だ」

「おれは危《ヤバ》いことなんか何もやってないっ」

「リーダー、もどかしいっすよ」

乾がICレコーダーをコートのポケットに入れ、テイザーガンを掴み出した。引き金《トリガー》が絞られ、電極針の入った銃弾が放たれる。

電極針は荻野目の胸部に突き刺さった。荻野目は雷に打たれたように倒れ、床の上をのたうち回った。

乾は高圧電流を送りつづけた。浅倉は制止しなかった。

頃合を計って、乾が引き金から指を離した。荻野目はぐったりとしている。

浅倉は改めて追及した。荻野目は舟山から八百万円を脅《おど》し取ったことは認めたが、神崎の事件にはまったく関わっていないと言い張った。事件当夜、荻野目は首藤局長の自宅で将棋の相手をしていたという。知り合いの同県人が四人も同席していたらしい。

荻野目は、その四人の氏名と連絡先もすらすらと述べた。『JKエンタープライズ』がカジノ解禁法案推進派だった五人の国会議員をラスベガスに招いたことは首藤から聞いていたが、詳しくは知らないそうだ。

「荻野目が嘘《うそ》をついてるとも考えられるっすよ」

乾が言って、またもやテイザーガンの引き金を絞った。荻野目は百三十万ボルトの電流を浴びせられても、供述内容は変わらなかった。

「心証はシロだな。このOBを別働隊経由で、恐喝容疑で身柄送検してもらおう」

浅倉は部下に言って、出入口に向かった。

3

警察車輌が遠ざかった。

別働隊の黒いセレナだ。車内には、荻野目が乗せられている。

浅倉たち二人は、雑居ビルの斜め前に立っていた。

「『マスカレード』のママは共犯者《レツ》でしょうから、一両日中には手錠《ワッパ》打たれることになるんじゃないっすか？」

乾が言った。

「だろうな。それにしても、舟山は六十過ぎだというのに、まったく枯れてない。店の中でママの股《また》ぐらに手を突っ込んだんだから」

「いまの六十代は、まだ現役なんじゃないっすか。おれの知り合いの七十八歳のおじいさんなんか、熟女をナンパしまくってるっすよ。さすがにバイアグラの力を借りないと、挿入できないらしいっすけどね」

「根っからの女好きなんだろうな」

「そうだと思うっすけど、まだ男性機能が働くってことを確かめたい気持ちもあるんでしょうね。オスとして、自分が役立たずになってしまったことを自覚したら、なんとなく惨《みじ》めになるんじゃないっすか」

「男って、哀《かな》しい動物だな」

「そうっすね。けど、おれは舟山みたいなおっさんに仲間意識みたいなものを感じちゃうっすよ」

「おまえも好き者だからな。少し先に、天ぷら屋がある。乾、あそこで昼飯を喰おう」

浅倉は歩きだした。すぐに乾が肩を並べる。

二人は井《い》の頭《かしら》線の高架に向かって四、五十メートル進み、大衆向きの天ぷら屋に入った。ランチタイムとあって、店内はほぼ満席だった。ただ、トイレの真横のテーブル席だけは空いている。

「空《す》いてる喰いもの屋を探し歩くのは面倒だな。乾、あそこでいいだろ？」

「いいっすよ。どうせ喰ったもんは、糞《くそ》になるんすから」

「デリカシーのない奴だな」

　浅倉は苦笑し、先に空席についた。乾が向かい合う席に坐り、大声でジャンボ天丼を頼んだ。浅倉は並天丼を注文した。

番茶を飲みながら、世間話をする。飲食店内で、捜査に関する話はしない。それが不文律《ふぶん》《りつ》だった。

先に並の天丼が運ばれてきた。浅倉は箸《はし》を取った。ジャンボ天丼も届けられた。丼が大きく、天ぷらの種類も多い。大ぶりの穴子《あなご》の天ぷらが二本も入っていた。その分、値段も高かった。

「注文した丼の大きさから、おまえがおれの上司と思う客もいるだろうな」

「リーダー、厭味《いやみ》なんすか？　そうなら、交換してもいいっすよ。まだ箸をつけてないっすから」

「冗談だよ」

「そうだったのか」

乾が頭に手をやって、穴子の天ぷらを豪快に食べはじめた。

浅倉は先に食べ終えた。番茶を飲み干したとき、懐で私物のスマートフォンが振動した。浅倉はスマートフォンを摑み出し、テーブルの下でディスプレイを見た。

発信者は芳賀真紀だった。浅倉は目顔で部下に断り、急いで店の外に出た。

「待たせて悪い！ いま昼飯を喰い終えたところなんだ。会社の周《まわ》りに不審者がうろついてるのか？」

「そうじゃないの。従姉から少し前に電話があって、例の犯罪組織のボスの居所がわかったらしいんですよ」

「矢代猛はどこにいたんだって？」

「文京《ぶんきよう》区内の外資系ホテルに偽名で投宿してることを日東テレビの報道部の人たちが突きとめてくれたそうなの」

「山岸さんは報道部に協力を求めたわけか」

「そうらしいわ。従姉は記者たちと一緒にホテルに乗り込んで、『ハッサン国』に戦闘員として日本の若い男性を送り込もうとしてた組織のボスに詰め寄ったそうよ。四人の男性記者に取り囲まれてしまったんで、矢代は気圧《けお》されて……」

「きみの従姉を拉致《らち》したことを白状したんだな？」

「ええ、そうですって。片桐という参謀に命じて従姉を監禁しろと指示したと認めたらしいの。ただ、戦闘員を勧誘したことは罪にならないと反論したそうよ。でも、『ハッサン国』の志願兵になりたがってる人たちの偽造パスポートを大量に用意してたんですって。

偽造パスポートは矢代のキャリーケースの中に入ってたらしいわ」

「だったら、監禁・殺人教唆罪《きようさ》だけじゃ済まないな」

「そうよね」

「矢代は神崎殺しの件では、どうだったんだろう？　きみの従姉はどう言ってた？」

浅倉は早口で問いかけた。

「従姉はそのことで矢代という男を問い詰めたらしいんだけど、神崎という男に弱みを握られたこともないし、殺しに関わったこともないと言っていたそうよ。矢代が苦し紛《まぎ》れに嘘をついてるようには見えなかったんで、その通りなんだろうって……」

「そうか」

「日東テレビの報道部記者が一一〇番通報したという話だったから、間もなく矢代は緊急逮捕されるはずだとも言ってたわ。片桐を含めた手下たちも全員、検挙されるだろうから、もう安心していいと従姉に言われたの」

「よかったな。きみは自宅マンションに戻っても大丈夫だよ」

「ほっとしたわ。でも、浅倉さんの捜査には進展がなかったことになるわね。矢代のグループは神崎さんの事件には絡《から》んでなさそうだから」

「殺人捜査は一筋縄《ひとすじなわ》にはいかないもんだよ。それほど落胆してないから、気にしないでくれ」

「スペアキー、預かったままでいいの？」

「もちろんだよ」

「なら、そうさせてもらいます。では、また……」

真紀が電話を切った。

浅倉は二つに畳んだスマートフォンを懐《ふところ》に戻し、天ぷら屋の中に戻った。

乾はジャンボ天丼を平らげ、皺《しわ》だらけのハンカチで口許《くちもと》を拭っていた。二人は自分の勘定《かんじょう》を払い、表に出た。

浅倉はスカイラインの中で、真紀から得た情報を巨漢刑事に伝えた。

「矢代たちのグループも、神崎の事件《ヤマ》には関わってないと思ってもいいんじゃないっすかね？」

「そうだろうな」

「疑わしい人間が何人もいたっすけど、どいつも心証はシロだった。リーダー、今回の事件《ヤマ》はてこずりそうっすね」

「これまでの捜査だって、すんなりと犯人《ホシ》を割り出せたわけじゃなかった。殺人捜査に最も必要なのは根気だよ。ちょっと迷走したからって、落ち込むことはないさ」

「そうっすね。時間がかかっても、おれたちのチームは特捜指令も必ず遂行《すいこう》してきたんだから、めげることはないな」

乾が自分に言い聞かせた。

「そうだよ」

「リーダー、荻野目は神崎が殺された夜、首藤局長と将棋を指してたと言ってたっすよね？」

「ああ、そうだな。同県人が何人か同席してたんで、自分と首藤にはアリバイがあるんだと主張してた」

「ええ。二人が実行犯でないことは間違いないと思うっすよ。けど、警察庁の警務局長が第三者に神崎陽一を片づけさせたかもしれないという疑いは残るでしょ？　首藤はカジノ解禁法案推進特命チームのメンバーだったわけっすから」

「疑惑は完全に拭えたわけじゃないな、確かに。警察関係者なら、犯罪のプロたちを雇《やと》うことも可能だろう」

「高津たちカジノ解禁法案を早く成立させたがってた民自党の五人のベテラン議員が『JKエンタープライズ』に袖《そで》の下を使われたことを暴かれたら、念願の成立は困難になったでしょ？」

「民自党の中にも、日本にカジノができることに強く反対した議員もいた。一部の野党議員も加わってた超党派が法案化を強く望んでたが、汚職が発覚したら、大変なことになっただろう」

「そうっすよ。首藤局長は官邸肝煎《きもい》りの特命チームの一員に選ばれたわけっすけど、いずれ政界に転じたいと思ってるみたいっすから、五人の議員の収賄《しゅうわい》の事実を闇に葬って……」

「民自党の領袖《りょうしゅう》たちに恩を売る気になったんじゃないかって推測したんだな?」

「そうっす。そういう気持ちがあったら、カジノ解禁法案絡みの汚職のことを取材してた神崎を殺し屋《プロ》に始末させたとも考えられるんじゃないっすか?」

「そんなふうに筋を読むこともできるな。しかし、宮内と蓮見が首藤に張りついてるが、ボロは出してない」

「キャリアの首藤は学校秀才だっただけじゃなく、悪知恵も発達してるんじゃないっすかね。だから、殺しの実行犯と直《じか》に接触はしなかったんでしょ? メールの遣《や》り取りで殺人依頼をして、指定された口座に他人名義で成功報酬を支払ったんじゃないっすか?」

「そうなんだろうか。そういう方法なら、首藤学は実行犯と接触しないでも目的を果たせるな」

「そうっすよね?」

「ただな……」

浅倉は言いさして、口を噤《つぐ》んだ。

「リーダー、反論してもかまわないっすよ。おれは殺人捜査のベテランじゃないっすから、筋の読み方がおかしいかもしれません。そうなんすね？」

「そうじゃないんだ。首藤が政界入りしたいと願ってたことは確かなんだろう。警察官僚出身の政治家は、たいてい閣僚経験がある有力者になってる」

「そうっすね」

「出世欲が強かったとしても、首藤は法の番人なんだ。民自党の領袖たちに恩を売っとけば、いつか大臣になれるかもしれない。だからといって、汚職議員たちのために神崎をこの世から消してやろうと考えるかな。警察関係者がそこまで腐り切ってるとは思いたくないじゃないか」

「おれも、そう思うっすよ。けど、レイプ殺人までやらかした警察官が過去に何人かいたじゃないっすか」

「ああ、いたな。そいつらは一般警察官《ノンキャリア》だった。警察官僚《キャリア》が殺人事件の首謀者になった前例はないよ、おれの知る限りではな」

「けど、例がないからって……」

「キャリアが絶対に殺人事件に絡むことはあり得ないとは言い切れないよな。でもな、自分の出世を考えて慎重に生きてる警察官僚が大それた凶悪犯罪に手を染めるだろうか。押しなべてキャリアたちは小心者だ」

「そう言われちゃうと、なんか自信が揺らぐっすね。確かに上昇志向の強い人間は、たいがい気が小さいっすから」

「そうだな。金の魔力に負けて、汚職で失脚した有資格者《キャリア》は何人か過去にいた。女でしくじった警察官僚もいたな。しかし、殺人事件の主犯で捕まったキャリアはいない」

「そうっすね」

「おれも、ある時期までは首藤が神崎の事件に関与してるかもしれないと推測してたんだよ。だが、よく考えてみたら、その線はないと思えてきたんだ」

「リーダーの読み筋のほうが正しいのかもしれないっすね。多分、そうなんじゃないっすか。おれは暴力団係《マルボウ》刑事を長くやってたんで、論理的な組み立てが苦手なんすよ。いつも直感を頼りにして、捜査を進めてきたっすからね。おれ、殺人捜査には向いてないんじゃないっすか」

乾がうなだれた。

「そんなことないよ。おまえ、宮内、蓮見の三人はチーム入りするまでは、殺人捜査の経験はゼロだった。最初は頼りなかったが、それぞれが以前の仕事を活《い》かして力になってくれるようになった。それは立花さんも、そう感じてるだろう」

「宮内さんや蓮見はそうでしょうけど、おれは足手まといになってるんじゃないっすかね？」

「乾、僻《ひが》むなって。反則技だが、強面《こわもて》のおまえが強請屋《ゆすりや》になりすまして怪しい奴らに揺さぶりをかけてくれたおかげで捜査がスムーズに進んだことも数多い」

「おれ、柄《がら》が悪いっすからね。本物の強請屋に見えちゃうんだろうな。けど、喜んでいいのか……」

「おまえの存在はチームに欠かせない。射撃の名手の宮内は銃撃のときに力を発揮してくれるし、蓮見は豊富な鑑識知識で刑事たちが見落としがちな点を教えてくれてる。おまえら三人がおれと立花さんを支えてくれてるんだよ」

「リーダーは人たらしだな。そんなふうにヨイショされたら、部下のおれたちは扱《こ》き使われても文句を言えなくなっちゃうっすよ」

「おれが、いつ乾たち三人を扱き使った？　そんな覚えはないぞ」

「物の譬《たと》えっすよ」

「そういうことなら、勘弁してやろう」

浅倉は笑顔で言い、懐から刑事用携帯電話《ポリスモード》を取り出した。宮内のポリスモードを鳴らす。

ツーコールで、通話可能状態になった。

「宮内、おれだ。首藤局長にまったく動きはないか？」

「局長は昼休みに合同庁舎2号館を出て、ひとりで日比谷《ひびや》公園に入っていったんですよ。それで大噴水の際《きわ》のベンチに坐りました。人待ち顔に見えたので、神崎を撲殺した実行犯と接触するかもしれないと睨んだんです。わたしだけじゃなくて、蓮見もね」

「で？」

「わたしたちは植え込みの陰に隠れて、首藤を観察しつづけたんです。五、六分経つと、三十歳前後の男が首藤局長の隣に腰かけ、手にしていたポップコーンを足許に撒《ま》きはじめました。土鳩《どばと》が何羽も集まると、首藤はかたわらの男に喋《しゃべ》りかけたんですよ」

「それから、どうしたんだ？」

「ポップコーンがなくなって土鳩が別の場所に移るまで、二人は話し込んでました。その後、男が先にベンチから立ち上がりました。わたしは蓮見に首藤局長を見張っててもらって、すぐにポップコーンを土鳩に与えた男を追いかけて職務質問したんです」

「声《バン》かけたら、そいつは逃げだしたのか？」

「そう予想してたんですが、相手は堂々としてました。素直に身分証明書を見せましたよ。内幸町《うちさいわいちょう》一丁目にある商事会社の社員で、たまたま首藤局長と同じベンチに腰かけたんだそうです。自分と同じように職場で孤立してるように見えたので、局長に話しかけたらしいんですよ」

「殺し屋《プロ》じゃなかったわけか」

「ええ。わたしたち二人は、まだ未熟ですね。ただのサラリーマンを首藤に雇われた殺しの実行犯かもしれないと思ってしまったんですから。元SPとして、なんか恥ずかしい失敗でした。リーダーなら、相手が堅気《ネス》とすぐに見抜いたでしょうがね」

「おれもルーキーのころは似たような失敗をしたよ」

「そうなんですか。班長から聞いたんですが、別働隊が荻野目研二を恐喝容疑で身柄《ガラ》を押さえたらしいですね？」

「ああ、そうなんだ。別働隊が捜査本部事件との関わりを調べ直してから、地検送りにしてくれることになってる」

「荻野目は自分も首藤局長も、神崎殺しには絡んでないと供述したんでしょ？」

「おれたち二人には、はっきりとそう言ってたよ」

「どうなんでしょう？　荻野目の供述を信じてもいいんだろうか」

「班長には報告しなかったが、乾がテイザーガンで二度も高圧電流を荻野目に浴びせたんだ。二回とも、かなり長い間な」

「なら、言い逃れの嘘なんかつけないでしょうね」

宮内が言った。

「だろうな。荻野目と首藤は捜査本部事件ではシロかもしれないぞ」

「首藤局長は、汚職の揉み消しに一役買ってなかったんでしょうか。そうだとしたら、神崎殺しには絡んでないんだろうな」

「おれは、そう思いはじめてる」

「アメリカのカジノ運営会社に袖の下を使われた高津、末浦、鏡、大矢、仙川の五人の議員のうちの誰かが殺し屋《プロ》に神崎陽一を殺《や》らせたんでしょうか？」

「その五人は一応、シロとおれたちも判断したんだが、捜査本部と同じような手抜かりがあったのかもしれないな。どう動くべきか、立花班長に相談してみるよ」

浅倉は通話を切り上げた。

その直後、立花から電話がかかってきた。

「さきほど別働隊のリーダーから連絡があって、荻野目は捜査本部事件にはタッチしてないだろうと言ってきた。荻野目と首藤局長のアリバイも立証されたそうだよ。二人はシロと判断してもいいだろう」

「そうですね」

「全員、いったん戻ってくれないか」

「わかりました。宮内・蓮見班に声をかけて、桜田門に戻ります」

浅倉はポリスモードを耳から離した。

4

空気が張り詰めている。

チームの秘密刑事部屋だ。背を見せてソファに腰かけているのは、橋爪刑事部長だった。刑事部長の正面には立花班長が坐っている。

先にアジトに戻った宮内と玲奈は、それぞれ自席に着いていた。どちらも緊迫した面持《おもも》ちだ。

「班長、何があったんです？」

浅倉は立花に話しかけた。

「午後一時十分ごろ、民自党の高津、末浦、鏡、大矢の四人が埼玉《さいたま》県美里町《みさとまち》のゴルフ場で射殺されたんだ。八番ホールでプレイ中に四人の国会議員は次々に頭部を撃ち抜かれて、ほぼ即死だったらしい」

「銃声はしたんでしょうか？」

「キャディーたちは、誰も銃声は耳にしてないそうだ。おそらく消音装置付きの狙撃銃《そげきじゅう》でシュートされたんだろう。四人の被害者はおのおの一発で仕留《しと》められてるから、凄腕《すごうで》のスナイパーの仕業《しわざ》と思われるね」

「『JKエンタープライズ』に袖の下を使われた疑いのある四人が射殺されたのは、単なる偶然ではないはずです」

「そう考えるべきだろうな」

橋爪刑事部長が上体を捻《ひね》った。辛《つら》そうな体勢だった。

浅倉はソファセットを回り込み、立花のかたわらに腰かけた。

「ラスベガスのカジノ運営会社の接待を受けた五人の議員のうち四人が狙撃されたんですから、仙川勝議員も殺害されると予想できますね」

「そうなんだ。いま立花班長に言ったんだが、わたしは『JKエンタープライズ』が贈賄《ぞうわい》の事実を暴《あば》かれそうになったんで、殺し屋を雇ってラスベガスを訪れた五人の国会議員を葬る気になったと筋を読んだんだよ。考えられないことじゃないだろう？」

「ええ、そうですね。『JKエンタープライズ』はカジノ解禁法案が国会で成立したんで、真っ先に日本に進出する気でいるはずです」

「そうにちがいない」

橋爪が断言した。

「汚職の件が発覚したら、当然のことですが、『JKエンタープライズ』は日本でカジノ経営ができなくなります」

「そうなるだろうね。だから、『JKエンタープライズ』は高津、末浦、鏡、大矢、仙川の五人の口を塞《ふさ》ぐことにしたんじゃないのか。癒着《ゆちやく》してたカジノ解禁法案推進派だった国会議員たちを永久に眠らせてしまえば、贈賄の件は立件されずに済むだろうからな」

「そう疑えますが、臆測《おくそく》だけでは……」

「状況証拠はあるんだよ。埼玉県警の情報によると、犯行時間帯にゴルフ場の外周路で不審な白人男性を複数人が目撃したそうなんだ。そいつが高津たち四人を次々に撃ち殺したんだろう。軍か警察でスナイパーとして働いたことがあるんだろうな。標的を一発ずつで撃ち殺してるからな。狙撃のベテランと考えられるね」

「そうなんでしょうが……」

浅倉は橋爪に言って、部下の宮内に意見を求めた。

「おまえは、どう思う？」

「狙撃犯は、おそらくアメリカの軍隊か警察で狙撃のエキスパートだったんでしょうね。SPの中には射撃で神業《かみわざ》を見せる者がいますが、狙撃銃や自動小銃は自在に操れません。スコープの性能がいいので、数百メートル離れた標的はくっきりと見えます。しかし、的《まと》は静止してるわけではありません。それに拳銃よりも、反動《キック》が大きいんですよ」

「だから、命中率が百パーセントというわけにはいかない？」

「ええ、そうです。射程距離がどのくらいだったか不明ですが、無駄弾を一発も使わずに四人の政治家をシュートした犯人は凄腕も凄腕ですよ」

「宮内、狙撃者が複数だったとは考えられないか？」

「それは考えられますね。二人のスナイパーが八番ホールのそばの林に身を潜《ひそ》めて、同型の銃器で交互に狙《ねら》い撃ちしたのかもしれません。しかし、不審な外国人を外周路で目撃したという証言しかないようですから、単独による犯行臭いですね」

「そう判断するのは早計じゃないのか。スナイパーは二人いて、片方はしばらく発射地点に留《とど》まってたかもしれないぞ」

「犯罪者の心理として、犯行後はできるだけ早く現場から離れたくなるはずです」

「並の犯罪者は、そういう心理になるだろうな。しかし、冷徹なスナイパーはすぐに逃走することはリスクが高いと判断して、しばらく発射地点から離れないとも考えられる。銃声は轟《とどろ》かなかったから、プレイ中の議員やキャディーに発射地点を知られたわけじゃないんだ」

「リーダーが言ったように、狙撃者は二人だったのかもしれません。遺留の薬莢《やっきょう》があれば、単独犯だったかどうか明らかになると思います」

「犯人《ホシ》は薬莢を回収してから逃走したにちがいない」

「ええ、そうでしょうね」

　宮内が口を結んだ。一拍置いて玲奈が橋爪に質問した。

「刑事部長、埼玉県警は県内の幹線道路を封鎖したのでしょうか？」

「国道、県道、市道に検問所を設け、車輛ナンバー自動読み取り装置《NシステムPRINTFIX》のチェックを開始したそうだ。しかし、狙撃犯が軍か警察で特殊訓練を受けた奴だったとしたら、山伝いに県外に逃れるかもしれないな」

「そうですね。そうだったとしたら、加害者は現場に何も遺留してないんでしょう。弾頭や薬莢の指紋を完全に拭《ぬぐ》ってから、弾倉に詰めたと思われますね」

「放たれた弾頭のライフルマークから、凶器の割り出しはできる。しかし、プロのスナイパーの犯行なら、現場に頭髪、煙草《たばこ》の吸殻《すいがら》、唾液《だえき》なんかは遺《のこ》してないだろうな」

「ええ、多分。足跡は採取できるでしょうが、それだけで犯人を割り出すことは難しいと思います」

「そうだろう」

橋爪が腕を組んだ。

そのとき、刑事部長の上着のポケットの中で刑事用携帯電話《ポリスモード》が鳴った。橋爪がポリスモードを耳に当てた。通話相手は参事官のようだった。

通話は数分で終わった。

「参事官からの連絡ですか？」

立花班長が橋爪に確かめた。

「そうだ。謎のテロリスト集団『Xの会』が主要マスコミ各社に高津たち四人を射殺したという犯行声明を寄せたというんだよ。犯行声明は、新宿歌舞伎町《かぶきちょう》にあるインターネットカフェ『アクセス』からフリーメールで送信されたことが判明したそうだ」

「『Xの会』は公安部で把握してるんでしょうか」

「過激派セクト、極右団体、カルト教団とはまったく関わりのないグループで犯歴はないそうだよ。犯行声明文には、国家を私物化して利権を貪《むさぼ》ってる政治家やキャリア官僚たちを片端から処刑していくと予告されてたという話だったね。差し当たって強引な手段でカジノ解禁法案を成立させたがってた者たちに天誅《てんちゅう》を下《くだ》すと記《しる》されてたらしい」

「汚職容疑のある仙川勝議員も殺害するつもりなんでしょう」

「それは間違いないだろうな。立花班長、『JKエンタープライズ』がもっともらしいテロ集団の仕業と見せかけようとしてるんじゃないだろうか」

「そう疑いたくなりますね。ラスベガスで過分な接待を受けた五人の議員のうち四人は、美里町のゴルフ場で射殺されたわけですから」

「ちょっといいっすか」

沈黙を守っていた乾が、立花に発言を求めた。

「何かな?」

「『Xの会』は架空の組織なんかじゃなくて、実在する気がするっすね」

「『JKエンタープライズ』が『Xの会』に五人の議員の抹殺を依頼したんではないかというんだな?」

「そうなのかもしれませんよ。やくざでも素《す》っ堅気《かたぎ》でもない半グレが増えてて、アナーキーなことを平気でやるようになってるっすからね。ヤー公どもも、そういう連中には手を焼いてるんすよ。開き直ってるから、怖いもの知らずなんす」

「そういう反社会的グループが五人の政治家の処刑を請け負って、凄腕のスナイパーを雇ったんだろうか。しかし、ゴルフ場の外周路で複数人に目撃されてる不審な白人男性が狙撃犯だとしたら、どうやって半グレ集団はその男を雇い入れたのかね？」

「これだけインターネットが普及してるんすから、闇サイトを幾つか覗《のぞ》けば、軍人崩れや元警察官の殺し屋は見つけられるでしょ？」

「わたしは、『JKエンタープライズ』がプロのスナイパーを雇って……」

「日本に送り込んだと班長は思ってるんすね？」

「そんな気がしてるんだ」

「『JKエンタープライズ』がダイレクトに殺し屋と接触したことがバレたら、日本進出はできなくなるでしょ？　おれは、警察が把握してない半グレ集団が『JKエンタープライズ』から頼まれて代理処刑をしたんじゃないかと推測してるんす。近々、仙川勝もシュートされそうだな」

「確かにカジノ運営会社が直《じか》に殺し屋に接触するのは、非常にリスキーだね。しかし、『Xの会』が半グレ集団なのかどうか」

「わたしが公安部と組織犯罪対策部の両部長に会って、非公式に『Xの会』のことを速《すみ》やかに調べてくれるよう頼んでみよう」

橋爪が立花に言った。

「お願いします。刑事部長は、『Xの会』が実在するとお思いでしょうか?」

「ひょっとしたら、実在するのではないかという気がしてるんだ。この国の政治家、財界人、エリート官僚たちは自分たちが利すればいいと考えてる節《ふし》がある。少なくとも、社会的弱者には実に冷ややかだ」

「そうですね。建て前ではいろいろ綺麗事《きれいごと》を言ってますが、本音では社会に役立たない人間たちはお荷物だと考えてるんでしょう。福祉政策はお粗末ですし、高齢者たちの医療費を上げたりしてます」

「そうだね。国の借金は重いんだが、公共事業などで税金を無駄遣《づか》いしてる。議員数もなかなか減らそうとしない。国有地の払い下げも進んでるとは言えないな」

「おっしゃる通りですね。政権を担《にな》ってる最大与党は慌《あわ》ただしく衆院を解散して、総選挙に踏み切りました。その選挙だけで約七百億円の税金を遣《つか》ったわけですが、そのことで有権者に申し訳ないと詫びた国会議員はいませんでした」

「政治家やキャリア官僚の多くは利己主義者だから、国民の辛さや憂《うれ》いを汲《く》み取ろうとしないんだろうな。国の舵取《かじと》りをしてる連中がそんな具合では、国民は失望する。多くの者が憤《いきどお》りを覚えたにちがいない」

「ええ、そうでしょうね」

「社会の仕組みを根底から改めないと、この国は再生できないだろうな。しかし、国民の大半は政治に絶望してしまったようで、どの選挙も投票率は高くない」

「先進国の中では、投票率は低いほうですね」

「そうした時代状況に焦《じ》れったくなった者たちがイデオロギーを乗り越え、日本をまともな社会にするために『Xの会』を結成したのではないだろうか。この国は、そこまで腐敗してしまったからね。社会は明らかに病《や》んでる」

「わたしも、そう思います。真の愛国心に燃えてる者たちがアナーキーな手段で、日本を駄目にした政治家や官僚に制裁を加える気になったのでしょうか」

「わたしはそんな気がしてるんだが、立花班長は『JKエンタープライズ』が腕利きのスナイパーを雇って汚職議員の四人をまず始末させ、そのうち仙川勝も片づけさせる気なのではないかと考えてるようだな」

「いま現在は、そう筋を読んでます。カジノ運営会社が『Xの会』の犯行に見せかけただけなんではないかと……」

「そういうことなら、歌舞伎町のネットカフェからマスコミ各社に犯行声明のメールを送信したのは『JKエンタープライズ』に関わりのある人間だと睨んでるんだね？」

「はい。宮内君と乾君に新宿の『アクセス』に行ってもらって、マスコミ各社にフリーメールを送信した者を突きとめさせます。送信者を追及すれば、バックに『JKエンタープライズ』がいるかどうかはっきりするでしょう」

「そうだね」

「浅倉君と蓮見さんには、美里町のゴルフ場周辺で聞き込みをしてもらうつもりです。埼玉県警が初動捜査情報をそっくり警視庁《うち》に提供してくれるとは思えませんから、こちらも動きませんとね」

「そうしてもらおうか。わたしは公安部長と組対部長に会うよ」

橋爪がソファから立ち上がり、秘密刑事部屋から出ていった。

「わたしは乾君と一緒に歌舞伎町の『アクセス』に行ってみます。エルグランドを使いますね」

宮内が立花に告げた。立花がうなずき、浅倉に顔を向けてきた。

「美里町の、事件現場は『美里カントリー』というゴルフ場らしいんだ」

「わかりました。すぐ現場に向かいます」

浅倉は班長に言って、三人の部下とともにアジトを出た。

宮内・乾ペアが灰色のエルグランドに乗り込み、先に出発した。玲奈がスカイラインの運転席に入り、エンジンを始動させる。浅倉は助手席に坐った。

スカイラインが走りはじめた。飯田橋《いいだばし》経由で目白《めじろ》通りを進み、練馬から関越《かんえつ》自動車道に入る。

覆面パトカーが所沢《ところざわ》ICを通過してから、玲奈が呟くように言った。

「ゴルフ場の外周路で複数の人に目撃されてたという白人男性は、『JKエンタープライズ』に雇われた腕っこきのスナイパーだったのかしら？」

「蓮見は、そう思えないと感じてるんだな？」

「はい。殺人《コロシ》を請け負った凄腕のスナイパーが事件現場で他人《ひと》に見られるようなヘマをするでしょうか。軍か警察で特殊な訓練を受けたかもしれない狙撃犯は、そんな間抜けだとは思えないんですよ」

「確かに間抜けに思えるよな」

「そうですよね。プロのスナイパーだったら、現場に近づいたことを誰にも覚《さと》られないようにして、的《まと》を正確に撃ってからスマートに逃走するんじゃありません？」

「複数人に目撃された白人の男は犯人のダミーだったのかもしれない？」

「そうだったとも考えられるんじゃないでしょうか。真犯人《ホンボシ》は別のルートでまんまと逃げてしまった」

「そうとも考えられるが、狙撃者が日本人じゃないと印象づける目的で怪しい外国人はコースの外周路を歩いてたのかもしれないぞ」

浅倉は言った。

「あっ、そうですね。高津たち四人の民自党議員を射殺したのが白人の男と断定されたわけじゃありません」

「そうなんだ。狙撃犯は日本人で、白人男の犯行と思わせたかったのかもしれないぞ。いわゆるミスリード工作だな」

「ミスリード工作だったとしたら、『Xの会』が犯行に及んだんでしょうか？」

「その疑いはあるが、まだ何とも言えないな。判断材料が少なすぎる」

「そうですね」

話が途切れた。

玲奈は運転に専念し、もう話しかけてこなかった。浅倉も黙《もく》したままだった。

車の流れはスムーズだった。花園《はなぞの》ＩＣまで三十分も要さなかった。

スカイラインは一般道路を短く走り、国道一四〇号線に乗り入れた。数キロ先に、目的のゴルフ場に通じる通りがあった。

左折して少し進むと、左側に『美里カントリー』があった。それほど広いコースではなかった。

凶悪な事件が発生して間もないからか、外周路には捜査車輛と報道関係の車が連《つら》なっていた。テレビクルーの姿も、あちこちに見える。

「外周路を一周してみてくれ」

浅倉は部下に指示した。玲奈がコースの周辺を回りはじめる。

半周もしないうちに、検問所に差しかかった。玲奈が検問所の手前でスカイラインを停めた。若い制服警官が駆け寄ってきた。

浅倉はパワーウインドーのシールドを下げた。二十四、五歳の巡査が敬礼し、警戒心を緩《ゆる》めた。

「捜査車輛ですね？」

「そうだ。職務で埼玉県に入ったんだが、コースを回ってた国会議員が四人も射殺されたんだって？」

浅倉は言いながら、警察手帳を見せた。玲奈が倣《なら》う。

「ありがとうございます。どうぞ検問を通過してください」

「犯人《ホシ》はもう割り出せたのかな？」

「いいえ、まだです。不審な白人男性が外周路で何人かの者に目撃されてるんですが、事件に絡んでるかどうかわかりません」

「そう。凶器はなんだったんだい？」

「ライフルマークから、レミントンのスナイパーライフルと断定されたそうです。消音装置を嚙《か》ませてから犯行に及んだようで、銃声はまったく聞こえなかったということでした」

「そう。大変だろうが、早く犯人を逮捕《パク》ってほしいな」

「県警と所轄署の強行犯係が頑張ってくれると思います。失礼しました」

相手がまた敬礼し、自分の持ち場に戻っていった。浅倉はパワーウインドーのシールドを上げた。

玲奈が車を走らせはじめる。

外周路を回り切ると、浅倉たちペアは付近一帯で聞き込みをした。だが、何も手がかりは得られなかった。

陽《ひ》が沈みかけたころ、浅倉は乾に電話をかけた。ワンコールで電話は繋がった。

「乾、マスコミ各社に犯行声明のメールを送った奴は割り出せたのか？」

「いや、駄目でした。ネットカフェを利用する客は似たようなタイプが多いらしくて、特に印象に残ってる者はいなかったそうっす」

「店は一応、客に身分証の類《たぐい》を見せてもらってるんだろう？」

「ほとんどの客が運転免許証を呈示してるらしいんすけど、コピーを取ってるわけじゃないんすよ。ちらっと見るだけで、店員もよく憶《おぼ》えてないって話だったな」

「フリーメールは削除されてたのか？」

「そうっす。店内に防犯カメラはあるんすけど、ちゃんと録画はしてなかったんすよ。だから、主要マスコミに犯行声明文をメールした奴を割り出すのは無理っすね」

「そうか。こっちも収穫はゼロだったよ」

「困ったっすね」

乾が通話を切った。浅倉は刑事用携帯電話《ポリスモード》を耳から離した。

そのすぐ後、立花班長から電話があった。

「仙川勝も死んだよ。民自党本部を出て、公設秘書とレクサスに乗り込んだ直後に爆死したんだ」

「車に爆破装置が仕掛けられてたんですね？」

「そうなんだろう。秘書がエンジンをかけた瞬間、レクサスは爆発炎上したみたいだな。仙川議員と秘書は逃げる間もなく、爆殺されたんだろう。公設秘書まで殺すことはなかったのに」

「そうですね」

「高津たち五人が死んだわけだから、『JKエンタープライズ』は胸を撫《な》で下ろしてるだろうが、連続殺人事件に関与してたら、絶対に許せないな」

「こっちも同じ気持ちです。美里町で聞き込みをしてみたんですが、無駄足を踏んだようです」

浅倉は経過を報告しはじめた。

第五章　大量殺人の狙《ねら》い

1

とうに現場検証は終わっていた。

捜査員たちの姿は見当たらない。永田町《ながたちょう》の民自党本部である。爆発炎上した仙川のレクサスの残骸《ざんがい》も運び去られていた。

午後五時過ぎだ。あたりは夜の色に染まっている。

浅倉は乾と一緒にスカイラインの中から、民自党本部の門に目を向けていた。宮内と玲奈は、同じ町内にある横溝将司《よこみぞまさし》議員の個人事務所の近くで張り込んでいる。

六十六歳の横溝は民自党のベテラン議員で、カジノ解禁法案推進派の旗振りだった。武装捜査班は『Xの会』が横溝の命を狙《ねら》う可能性もあると考え、宮内たちペアが見張ることになったのだ。

民自党本部には、カジノ解禁を願っていた議員たちが十二人いる。その議員たちも処刑対象になっているのかもしれない。そういう理由で、浅倉・乾班は民自党本部に張りつくことになったのである。

まだ不審な人影は目に留《と》まっていない。

乾が欠伸《あくび》を嚙《か》み殺した。その直後、立花班長から浅倉に電話がかかってきた。

「たったいま刑事部長室から戻ってきたんだよ」

「橋爪さんは公安部や組対《そたい》部から有力な手がかりを得たんでしょうか？」

「いや、特に有力な情報は得られなかったそうだ。日本革新党《にほんかくしんとう》がカジノ解禁法案をなんとか阻《はば》もうとしたんだが、それはできなかった。だからといって、推進派議員の暗殺を企《くわだ》てた気配はうかがえないということだったね」

「過激派セクトの総人数が二万数千人にまで激少したんで、何かやらかしそうな気もしますが……」

「過激派や極右団体が手を組んで政治家や官僚の暗殺を計画してた様子もないそうだよ。それから、カルト教団にも不穏《ふおん》な動きはないという話だったね」

「暴力団の動きはどうでしょう？　合法カジノが日本にできたら、博徒《ばくと》系の組織はシノギがきつくなるはずです。常盆《じょうぼん》のテラ銭は少なくなるでしょうし、違法カジノの収益《アガリ》も期待できなくなるでしょう」

「そうだね。組対部長の情報によると、昭和初期に結成された博徒系の最大組織『仁誠《じんせい》会《かい》』はカジノ解禁法案が国会で成立したことを苦々《にがにが》しく思ってるらしい」

「確か『仁誠会』は麻薬密売や管理売春には手を染めてなかったんじゃなかったかな」

「そうなんだ。金融、家屋解体、飲食店経営などをサイドビジネスにしてるが、愚連隊《ぐれんたい》系やテキ屋系と違って堅気《かたぎ》を泣かすようなビジネスはしていない。いまも仁俠道《にんきょうどう》を大切にしてるんだろう」

「時代遅れな博徒一家は東日本全域でも構成員は二千人そこそこしかいないんじゃないのかな」

「そうみたいだね。老舗《しにせ》だが、弱小だろう。合法カジノができたら、『仁誠会』は解散に追い込まれそうだな。総長の寺尾信博《てらおのぶひろ》、七十六歳はカジノ解禁法案推進派だった議員たちのスキャンダルを幹部らに探《さぐ》らせてたらしいよ。官邸肝煎《きもい》りの特命チームのメンバーだった財務省幹部職員は私生活の乱れを知られて、推進派議員たちの個人情報を提供させられたそうだ」

「そうですか」

「『Xの会』を動かしてるのは、『仁誠会』の寺尾総長なんだろうか」

「『仁誠会』にそれだけの金銭的な余裕はないでしょう?」

浅倉は言った。

「そうなんだが、合法カジノができたら……」

「老舗の博徒一家はシノギができなくなるでしょうね。だから、『Xの会』を使って、推進派だった国会議員たちに腹いせをしたんだろうか」

「考えられないことじゃないと思うね。『仁誠会』は、存続の危機に追い込まれてる。『Xの会』は、合法カジノ絡みで甘い汁を吸う気でいる政治家や官僚を次々に抹殺《まっさつ》するというニュアンスの予告をしてるじゃないか」

「そうなんですが、まだ汚職容疑のあった高津、末浦、鏡、大矢、仙川の五人が殺害されただけです。仙川の公設秘書が巻き添えで犠牲になりましたが……」

「そうだったね」

「班長、仙川の車に仕掛けられてた爆破装置について別働隊のメンバーが情報を集めてくれたんでしょ？」

「おっと、そのことをまだ話してなかったな。レクサスに仕掛けられてた爆薬《ばくやく》、タイマー、リード線はアメリカ製だったよ。爆発三十分ほど前に民自党本部の駐車場を覗《のぞ》き込んでた白人女性が防犯カメラに映ってたらしいんだが、色の濃いサングラスをかけてたそうだ。体つきから察して、二、三十代と思われるということだったな。髪の色はブラウンで、黒っぽいウールコートを着てたらしい」

「その女が駐車場に忍び込んで、仙川のレクサスに近づいた様子は防犯カメラに映ってたんですか？」

「そこまでは映ってなかったそうだが、不審な白人女性が爆破装置を仙川の個人事務所の車庫で仕掛けたのかもしれないぞ。民自党本部に行ったのは、仙川の車が駐車場にあるか確認したかったんではないのかな」

「そうなんでしょうか」

「美里町のゴルフ場の外周路では怪しい白人男性が複数人に目撃され、民自党本部の駐車場を覗いてたのも外国人女性だった。筋の読み方がくるくる変わるが、その二人の雇《やと》い主は『ＪＫエンタープライズ』なのかもしれないな。金と女を与えた五人の国会議員の口を封じておかないと、『ＪＫエンタープライズ』は日本でカジノ経営ができなくなるだろう」

「班長の推測通りだったら、『Ｘの会』を使う必要はないわけでしょ？」

「『ＪＫエンタープライズ』は自分たちに捜査の目が向けられることを避けるため、正体不明のテロリスト集団が高津たち五人の国会議員を殺害したと思わせたかったんじゃないだろうか」

「そうだったとしたら、『仁誠会』が『Ｘの会』を操ってたという推測は間違ってたことになりますね」

「『仁誠会』がカジノ解禁法案を潰《つぶ》したいと考えてたことは間違いないんだろうが、『Ｘの会』の黒幕ではないと思うな。いろいろ錯綜《さくそう》してるんで、頭が混乱しそうだよ。何か連絡があったら、報告してくれないか」

立花が先に電話を切った。

浅倉はポリスモードを懐に戻してから、班長に聞いたことを乾につぶさに話した。

「『JKエンタープライズ』が高津たち五人の民自党議員を始末した疑いはあるっすよね。けど、スナイパーと思われる白人の男がゴルフ場の外周路で目撃されてるのはなんか不自然っすよ。サングラスをかけてた栗毛《くりげ》の白人女が民自党本部の駐車場を覗き込んでたというのも作為的《さくいてき》な感じっすね」

「おれも、そう思ったよ」

「立花さんは『JKエンタープライズ』が、『Xの会』を動かしてるんじゃないかと言ってたんでしょ？」

「ああ」

「班長の読み筋にケチをつけるわけじゃないっすけど、それは考えにくいっすよ。偽装工作の協力者を増やしたら、『JKエンタープライズ』の立場が弱くなるでしょ？　『Xの会』に強請《ゆす》られるかもしれないっすからね」

乾が言った。

「その恐れはあるな」

「『仁誠会』は合法カジノができたら、シノギが一段と厳《きび》しくなるでしょうね。カジノ解禁法案を成立させた政治家や官僚を抹殺《まっさつ》したいと考えるんじゃないっすか。だけど、構成員の中に凄腕《すごうで》のスナイパーがいるわけじゃない。だから、寺尾総長は元陸自のレンジャー隊員、元空挺《くうてい》隊員、元SAT隊員なんかを破格の報酬で雇ったんじゃないっすかね。で、『Xの会』という謎のテロリスト集団が実在するように見せかけて……」

「推進派だった議員や官僚を皆殺しにさせる気なんじゃないかってことだな？」

「そうっす。超党派の二百数十人が殺害されたら、政権党は成立したカジノ解禁法案を白紙に戻すかもしれませんでしょ？　経済力の回復よりも、てめえらの命のほうが大事のはずっすから」

「しかし、もう法案が成立したからな。それに、『仁誠会』が腕っこきのスナイパーや爆殺のプロたちに高額な報酬を払えると思うか？」

「筋者たちは、何よりも面子《メンツ》に拘《こだわ》るんすよ。昭和初期に結成された『仁誠会』を解散させるようになったら、六代目総長の寺尾はもう男稼業を張れなくなります。代貸《だいがし》や舎弟頭《しゃていがしら》も同じっすよね」

「老舗の博徒一家は借金してでも、処刑チームに殺しの報酬を払うだろうか」

「でっかい金を調達できなかったら、御法度《ごはっと》の麻薬ビジネスをやると思うっすよ。組織を存続させるためなら、いったん古風な考えを棄《す》てるんじゃないかな。そうしなきゃ、寺尾総長の面子が立たないでしょ？」

「乾の読み筋通りだとしたら、五人の議員を葬《ほうむ》ったのは『ＪＫエンタープライズ』ではないということになるな」

「ええ、そうっすね。連続議員殺害事件には『ＪＫエンタープライズ』は関与してないんじゃないかな。多分、フリージャーナリストの神崎の事件《ヤマ》にも絡んでないと思うっすよ」

「となると、寺尾総長が『ＪＫエンタープライズ』に濡衣《ぬれぎぬ》を着せる目的で、白人の男女に怪しい行動を取らせたってことになる」

「そうだったんじゃないっすか」

「ちょっと待てよ。『仁誠会』の総長は、『ＪＫエンタープライズ』が高津たち五人の民自党議員に袖の下を使ったことをどうして知ったんだい？」

　浅倉は素朴な疑問を懐《いだ》いた。

「おれ、そこまで頭が回らなかったすよ」

「寺尾総長は、たまたまラスベガスのカジノで高津たち五人の議員が招待主にそれぞれが二千万円ずつ勝たせてもらってたことも目撃したんだろうか」

「博徒系やくざは、ルーレット、スロットマシン、ポーカー、ブラックジャックを毛嫌いしてるんすよ。だから、『仁誠会』の総長が外国のカジノで勝負したなんてことは考えにくいっすね」

「それ以前に刺青《スミ》を入れてる日本のやくざ《ギャングスター》は、欧米に入国できないか。別人になりすましてアジアのカジノに潜り込むことは可能かもしれないが、そこまで無理をするとは思えない」

「そうっすね。寺尾総長がラスベガスに行ったとは考えられないっすから、裏社会のネットワークで高津たち五人が『JKエンタープライズ』に袖の下を使われたことを知ったんでしょう」

「そうだったとしたら、寺尾がラスベガスのカジノ運営会社を陥《おとしい》れようとして小細工を弄《ろう》した可能性もあるな」

「そういうことだったんじゃないっすか」

乾が口を閉じた。

浅倉はセブンスターに火を点けた。二口《ふたくち》ほど喫《す》いつけたとき、玲奈から浅倉に電話がかかってきた。

「リーダー、横溝事務所の様子をうかがってる組員風の男がいるんですけど、職務質問してもいいですか？」

「もう少し様子をうかがったほうがいいな。そいつが横溝議員の事務所に押し入りそうになったら、宮内と身柄《ガラ》を押さえてくれ」

「了解です」

「やくざっぽい男がおとなしく去ったら、尾行してくれないか。おれたち二人がすぐ横溝事務所に回るよ」

「わかりました。また連絡します」

「そうしてくれないか」

浅倉は通話を切り上げ、玲奈の報告内容を乾に話した。

「挙動不審者は『仁誠会』の構成員臭いな」

「乾、予断は禁物だ」

「そうっすね。けど、その男は横溝の命《タマ》を奪《と》ろうと思ってるんじゃないっすか。『仁誠会』に足《ゲソ》つけてるヤー公じゃないかもしれないっすけど」

「何者かはわからないが、ちょっと気になるな。カジノ解禁法案推進派の旗振りだった横溝議員の動きを探《さぐ》ってたようだからな」

「リーダー、そいつはどこかの組を破門された流れ者かもしれないっすよ。で、『Xの会』に頼まれて、横溝の行動パターンを調べてるんじゃないっすか」

「横溝は日本に合法カジノを作って経済効果を上げようと提案しつづけてきたが、『JKエンタープライズ』に金や女を提供されたわけじゃない」

「そうっすね。『JKエンタープライズ』が横溝将司を亡《な》き者にしなければならない理由はないっすよ」

「そうだな。カジノ運営会社と横溝は利害が一致してるわけだ。議員連続殺人事件に『J

Kエンタープライズ』は絡んでなさそうだな」

「そう思ってもいいんじゃないっすか。さっき言ったように、『仁誠会』の寺尾総長はカジノ解禁法案推進派だった国会議員たちを腹いせに抹殺する気でいるんだろうな。そうだとしたら、『Xの会』は寺尾に雇われた処刑チームなんでしょう、やっぱり」

「乾、結論を急ぐなって。何かからくりがあって、『仁誠会』は陥れられそうになってるとも考えられるじゃないか」

「そうなんすかね」

乾は反論したげな表情だったが、それ以上は何も言わなかった。

それから十分が経過したころ、宮内が浅倉に電話をしてきた。

「暴力団関係者らしい男が横溝事務所から離れ、大通りに向かいました。低速で尾行を開始したところです」

「マークした奴を見失うなよ」

「そんなヘマはやりません」

「おれたち二人は、すぐ横溝事務所の前に移動する。民自党本部がノーマークになるが、爆殺事件が起きたばかりだ。本部にいる推進派議員を襲う奴はいないだろう」

浅倉は言って、通話終了ボタンを押した。

「リーダー、ヤー公っぽい男が横溝の事務所から離れたみたいっすね？」

「宮内がそう報告してきたんだ。ペアは不審者を尾行中だよ」

「男の正体がわかったら、捜査は進みそうっすね。横溝事務所に向かうっす」

乾がギアをＤレンジ《ドライブ》に入れ、アクセルペダルを踏み込んだ。スカイラインが動きはじめる。

目的地は、民自党本部から五百メートル程度しか離れていない。じきに横溝事務所のある雑居ビルに達した。八階建てで、入居者のほとんどが民自党の国会議員のようだ。横溝事務所は一階にある。

乾が覆面パトカーを雑居ビルの斜め前の暗がりに駐めた。

「付近を一回りしてくるよ、もう不審者はいないと思うがな」

「女に電話するんじゃないっすか？」

「職務中にそんなことはしないよ」

浅倉は車を降りると、すぐ脇道に入った。道端にたたずみ、私物のスマートフォンで芳賀真紀に電話をかける。待つほどもなく、電話は繋《つな》がった。

「いまは自宅マンションにいるのかな？」

「ええ。少し前に会社から帰宅したの」

「そうか。矢代の手下たちが自宅の周りをうろついてなかった？」

「気になる人影は見当たりません。従姉《いとこ》も自分の部屋に戻って、掃除をしてるそうよ。元予備校講師が捕まったんで、頭脳犯罪集団は解散状態なんでしょうね」

「そうにちがいない。もうきみら二人の身に危険が迫ることはないと思うよ。山岸さんはスクープできたんだが、神崎陽一を殺害した犯人を自分で突きとめられなかったことを残念に思ってるだろうな」

「少し残念がっていました。でも、従姉はあなたたち支援捜査チームが必ず加害者を見つけてくれるだろうと言ってたわ」

　真紀が言った。

「事件は絶対に落着させるよ」

「お願いします。でも、無理なことをして殉職なんかしないで。あなたに会えなくなったら、わたし、腑抜《ふぬ》けになっちゃいそうだから」

「殺し文句だね。くたばったりしないさ。また連絡するよ」

浅倉は電話を切って、雑居ビルの周辺を大股《おおまた》で巡《めぐ》った。怪しい人影は目に留《と》まらなかった。

　スカイラインに戻ると、乾は電話中だった。口許がだらしない。服役中のやくざの内縁の妻と際《きわ》どい話をしているのだろう。

　乾が電話を切った。

「野暮《やぼ》なことをしたかな。なんなら、もう一周してきてもいいが……」

「いいっすよ。それより、不審者はいなかったすか？」

「いなかったよ」

「そうっすか。横溝は、まだ事務所にいます」

「そうか」

浅倉は背凭《せもた》れに上体を預けた。

玲奈から浅倉に電話があったのは、およそ三十分後だった。

「リーダー、すみません！　やくざっぽい男はタクシーを拾って四谷《よつや》の荒木町《あらきちょう》の飲食街で降りたんですけど、声をかけようとしたわたしたち二人に催涙《さいるい》スプレーを浴びせて逃走を図りました」

「そういう失敗もあるさ。気にすんな。もう目は開けられるようになったんだな？」

「はい」

「それじゃ、宮内と民自党本部に回ってくれ。おれたちは横溝事務所の近くにしばらく留《とど》まる。ポジション《ポリスモード》を替えたほうがいいだろうからな」

浅倉は刑事用携帯電話を耳から離した。

2

前夜の張り込みは空振りに終わった。

浅倉たち四人は二手に分かれて、民自党本部と横溝事務所に深夜まで張りついた。しかし、何も事件は起こらなかった。

きょうも午前九時過ぎから、宮内・蓮見班は民自党本部の近くで張り込んでいる。浅倉・乾ペアは、横溝将司の個人事務所のある雑居ビルに目を注いでいた。

いまは午後四時過ぎだ。残照は弱々しい。

「『Xの会』は連続してカジノ解禁法案推進派だった議員を始末すると〝足〟がつきやすいんで、何日か時間を空《あ》けるつもりなんじゃないんすかね？」

スカイラインの運転席で、巨漢刑事が言った。

「そうなんだろうか」

「あるいは、敵は裏をかく気なのかもしれないっすよ。汚職議員五人につづいて推進派だった政治家ばかりを狙ったら、当然、警察は民自党本部と旗振りの横溝事務所のガードを強めるでしょ？」

「現に警護課の連中が民自党本部と横溝事務所の周辺を一時間置きに巡回してる」

「そうっすね。そのたびに、おれは車を大急ぎで張り込み場所から遠ざからせました」

「エルグランドの運転をしてる蓮見も、おまえと同じように車を移動させてるはずだよ」

「でしょうね。話が少し逸《そ》れたっすけど、敵は今度はキャリア官僚を消す気でいるんじゃないのかな。そんな気がしてきたっすよ」

「カジノ解禁法案の成立を願ってた官僚まで殺害されたら、『JKエンタープライズ』は完全にシロだろう。カジノ運営会社は贈収賄《ぞうしゆうわい》の事実を消したがってたとしても、官僚たちの口を封じる必要はないからな。いや、待てよ。官僚たちを金で抱き込んでたら……」

「官僚たちの口封じも考えるでしょうね。しかし、役人たちが収賄を認めるとは考えにくいな。『JKエンタープライズ』は五人の汚職議員を永久に眠らせれば、日本でカジノを経営することができるわけです。官僚まで抹殺しなければならない理由はないでしょ？」

「そうだな」

浅倉は相槌《あいづち》を打った。

その直後、立花班長から浅倉に電話がかかってきた。切迫した様子だ。

「『Xの会』が主要マスコミにきょう中に警察庁の首藤警務局局長を処刑するという犯行予告を池袋のネットカフェからメールで寄せたらしい。官邸肝煎りの特命チームのメンバーとして、カジノ解禁法案を推進したことが許せないと記《しる》してあったそうだ」

「首藤局長は職場にいるんでしょ？」

「ああ、執務中だそうだ。警察庁の要請で、警視庁《うち》のSP三人が隣接してる合同庁舎2号館に派遣された。それだけではなく、警護課の者たちが合同庁舎の周《まわ》りに配備されたんだ。首藤局長が狙撃《そげき》されることはないだろう」

「でしょうね」

「念のため、局長の自宅の官舎にも警護課の者たちが配された。家族が人質に取られることも想定して、手が打たれたようだ。SAT《サット》やSIT《シット》の隊員たちは、いつでも出動できるよう待機中らしい」

「財務省のエリート官僚も、警護されてるんでしょ？」

「特命チーム担当の財務省高官はガードされてるそうだ。浅倉君、首藤局長や財務省高官が暗殺されるようなことはないと思うが、大事を取って武装捜査班《うち》も合同庁舎2号館や財務省に回ったほうがいいのではないか」

「『Xの会』の正体はまだ突きとめられてませんが、陽動作戦なのかもしれませんよ」

「首藤局長をきょう中に殺害すると予告すれば、警察は合同庁舎2号館に網を張る。謎のテロ集団はそれを見越して、カジノ解禁法案推進派だった大物議員を狙撃するかもしれない？」

「ええ。敵は裏をかく気でいるんではないでしょうか。おれたち四人は、同じポジションで張り込みつづけるべきだと思います」

「うちのチームは隠れ捜査をしてるわけだから、合同庁舎2号館や財務省近辺で警護課の連中と鉢合《はちあ》わせるのは避けたいところだね。わかった。いまのポジションのままで張り込みを続行してくれないか」

「了解しました」

浅倉はポリスモードを懐に突っ込み、乾に通話内容を喋《しゃべ》った。

「確かに陽動作戦っぽいっすね。捜査関係者の目を逸《そ》らしといて、カジノ解禁を強く望んでる横溝議員あたりを始末する気でいるのかもしれないっすよ。それとも、党利党略で衆議院解散・総選挙を強行した現首相と全閣僚を暗殺する気になったんすかね？」

「首相や大臣たちはSPたちにガードされてるから、スナイパーが近づくことは不可能だろう」

「ガードは固いでしょうね。けど、過去の総理大臣は影武者を使ってSPたちを撒《ま》いた後、愛人宅に行ったケースもあるみたいっすよ。そこまでやらなくても、もっともらしい口実で秘書やSPを遠ざけることはできるでしょ？」

乾が言った。

「だろうな。そんな隙《すき》を衝《つ》けば、首相や閣僚の殺害もできなくはないか」

「そうっすね。首相を含めて全閣僚が暗殺されたら、新内閣もカジノ解禁を何がなんでも実現させたいとは考えなくなるんじゃないっすか」

「『Xの会』は五人の汚職容疑のある国会議員を殺害した。リアリティーのない推測じゃないだろうな」

浅倉はシートに凭《もた》れた。

それから数分後、宮内から浅倉に電話があった。

「班長から連絡があって、殺人予告のことを聞きました。『Xの会』は官邸肝煎りの推進派特命チームのメンバーを皆殺しにして、最終的には首相と全大臣を抹殺するつもりなんじゃないですか」

「そうだとしたら、『Xの会』は『JKエンタープライズ』とはまったく繋がりがないわけだ。双方の利害は反してるからな」

「ええ。アメリカのカジノ運営会社が高津たち五人の民自党議員に甘い汁を吸わせた事実を隠そうとして、ビデオジャーナリストのケビン・マッケンジーを犯罪のプロに片づけさせ、危《ヤバ》い映像を灰にしてしまったことは間違いないでしょう」

「『JKエンタープライズ』は贈賄の立件材料になる問題の映像はマッケンジーの実家にあると読み、建物ごと焼いたにちがいない」

「そうなんでしょうね。それで、贈収賄の事実を消すことはできたわけです。当初、チームはカジノ運営会社が高津能徳たち五人の議員を葬ったんではないかと推測しましたが、そこまでやったら、超党派のカジノ推進同盟の怒りを買うことになるでしょう。その結果、『JKエンタープライズ』は日本でのカジノ経営が難しくなります」

「そうだな。状況証拠に引っ張られて、つい『JKエンタープライズ』に疑いの目を向けてしまったが、よくよく考えると……」

「日本進出の協力者である政治家を消すわけないですよね？」

「そうだな。おれの読みが浅かったんで、おまえたちに回り道をさせてしまった」

「リーダーの判断ミスとは言えませんよ。回り道をしたことで、少しずつ真相に近づきつつあるんですから。名探偵みたいに毎回、事件をスピード解決させてたら、つまらないですよ。迷走しながらも、謎を解く。それが捜査の醍醐味《だいごみ》でしょ？」

「部下に慰められるようじゃ、おれも終わりだな」

「リーダー、拗《すね》ないでくださいよ。浅倉さんは殺人捜査のベテランの域に達してますが、全知全能というわけではありません。筋を読み違えることがあったほうが、わたしたち三人は気持ちが楽になります」

「おまえが言ったように、おれはスーパー級の刑事《デカ》じゃないし、機械でもない。回り道させたことで、必要以上にしょげることはないか」

「そうですよ」

「わかった。もう迷走の件には拘《こだわ》らないことにしよう。ところで、宮内は『Xの会』を背後で動かしてるのは何者なんだと思ってる？」

「これまでの捜査では、『仁誠会』の寺尾総長が疑わしいですよね。老舗《しにせ》の博徒一家はカジノ解禁が実現したら、シノギが一段と厳しくなります」

「そうだな。下手《へた》すると、組織は解散に追い込まれるだろう。乾は寺尾総長が裏のネットワークで『JKエンタープライズ』の贈賄の事実を知って……」

「五人の議員殺しは『JKエンタープライズ』の仕業《しわざ》に見せかけたんじゃないかと読んでるようですね？」

「そうだ」

浅倉は短く答えた。

「美里町のゴルフ場の外周路にわざと白人の男をうろつかせて、スナイパーと思わせた。さらに、ブラウンの髪の白人女性には民自党本部の駐車場を覗かせたのは小細工だった。乾君は、そう推測してるんですね？」

「そう」

「その疑いはあるでしょうね。しかし、老舗博徒一家に金銭的な余裕があるとは思えません。スナイパーはゴルフ中の四人の国会議員をそれぞれ一発で仕留めています。それだけ腕っこきのスナイパーを雇うには、多額の報酬が必要でしょう」

「だろうな」

「ただ、何か手を打たないと、近いうちに合法カジノができるでしょう。そう考えると、

『仁誠会』は有り金をはたいて凄腕《すごうで》の狙撃者を雇ったという見方もできるな。それはともかく、さっき立花班長にかつて陸自のレンジャー隊、空挺隊、警視庁のSAT《サット》などで働いてた者や外国で傭兵《ようへい》をやってた男たちを別働隊に洗ってもらったらと提案しておきました。出過ぎたことをしたでしょうか。リーダーにまず提案すべきだったかな」

「別に問題ないよ。おれは主任だが、チームを仕切ってるわけじゃない。おまえたち三人が総大将の立花さんに何か提案したって、いっこうにかまわないさ」

「リーダーは器《うつわ》が大きいですね」

「おまえとおれは職階が同じなんだから、妙な遠慮はいらないよ」

「ですけど、わたしのほうが年下です」

「そうだが、おかしな気遣いは無用だ。それより、おまえの提案は参考になるよ。さっき挙げた奴らの中に、スナイパーや爆破のエキスパートがいる可能性はある。そうした人間の雇い主が『Xの会』を操《あやつ》ってるんだろう」

「そうなんだと思います。実行犯を雇ったのが『仁誠会』の総長かどうかわかりませんが……」

宮内が通話を切り上げた。

浅倉は乾に電話の内容を伝えた。すると、巨漢刑事が複雑な顔つきになった。

「どうした?」

浅倉は訊いた。

「実はおれ、宮内さんと同じことをリーダーに提案しようと思ってたんすよ」

「なぜ、言わなかった？」

「いずれリーダーが班長に提案すると思ってたんすよ。殺人捜査歴の浅いおれが生意気なことを言うのもなんだなと思ったので……」

「ばかだな。おれは部下の提案や進言を撥《は》ねつけたりしないよ。宮内が立花さんに提案したことは思い浮かばなかったわけじゃないんだ。言い訳に聞こえるだろうが、そんなことをしなくても、そのうちに実行犯を割り出せるだろうと高を括《くく》ってたんだよ」

「そうだったんすか」

「しかし、予想に反して捜査は進んでない。宮内が立花さんに提案してくれたことは感謝してるんだ」

「リーダーがそう言うんだったら、別に宮内さんの肩を持つことはないっすね。宮内さんは絶対にリーダーを出し抜いてやろうと思って、班長に直《じか》に提案したんじゃないっすよ。点取り虫なんかじゃないっすから」

「わかってるよ。殺人捜査は個人プレイじゃない。チームメンバーが力を合わせることで、事件を解決できるんだ。おれひとりで、犯人《ホシ》を割り出せるとは考えちゃいない。だから、なんでも自由に言ってくれ」

「リーダーは懐が深いんすね。おれ、ずっと浅倉さんに従《つ》いていくっすよ」

乾が笑顔を向けてきた。

浅倉は面映《おもはゆ》くなって、視線を外した。横溝議員が雑居ビルから姿を見せたのは、街が暮《ぼ》色《しょく》の底に沈んだころだった。

秘書は伴《ともな》っていなかった。横溝は灰色のソフト帽を被って、フレームの太い眼鏡をかけている。背広にコートを重ねていた。

浅倉は口を開いた。

「お忍びで、どこかに出かけるのかもしれないぞ」

「そんな感じっすね。横溝は愛人宅に行くつもりなんじゃないっすか？　六十代半《なか》ばっすけど、脂《あぶら》ぎってるっすから」

「横溝を尾《つ》けてみよう」

「了解！」

乾は横溝が遠のいてから、スカイラインのライトを灯《とも》した。低速で国会議員を追尾《ついび》しはじめる。

横溝は足早に歩き、大通りでタクシーを捕まえた。あたりを見回してから、後部座席に乗り込む。乾は少し距離を取りながら、タクシーを追った。横溝を乗せたタクシーは三十数分走り、世田谷区弦巻《つるまき》四丁目の住宅街の一角で停止した。

横溝はタクシーを降りると、なぜだか逆方向にゆっくりと歩きはじめた。タクシーの尾灯が小さくなると、横溝は立ち止まった。体を反転させ、来た道を戻っていく。

「どうやら愛人宅を訪ねるようだな」

「そうみたいっすね」

乾が車を民家の生垣《いけがき》に寄せ、すぐにライトを消した。

横溝が四、五軒先の戸建て住宅の前で足を止めた。浅倉は、横溝の訪問先を確かめる気になった。

静かにスカイラインの助手席から出て、ごく自然に歩きはじめる。十数メートル進んだとき、暗がりから黒っぽいフードをすっぽりと被ったダウンコート姿の男が躍《おど》り出てきた。

気配で、横溝が横を向いた。

そのとき、ダウンコートを着た男が横溝に体当たりした。刺身庖丁《さしみぼうちよう》を握っている。

横溝がよろけた。暴漢が横溝の心臓部に刺身庖丁の切っ先を沈めた。

横溝は短く呻《うめ》き、反射的に右手で刃物を握り込んだ。ソフト帽が路上に落ちる。横溝は棒のように後方に倒れた。弾《はず》みで、眼鏡が飛んだ。

横溝は微動だにしない。もう息絶えているようだ。一瞬の出来事だった。

乾がスカイラインから出てきた。

「近づいたら、てめえも刺しちまうぞ」

ダウンコートの男が、血糊《ちのり》でぬめった刺身庖丁を中段に構えた。

「警察だ」

「なんだって⁉」

「凶器を道端《みちばた》に投げろ！」

浅倉は命じて、小さく振り返った。乾が横溝のそばに片膝をつき、大声で呼びかけている。だが、反応はない。

「リーダー、もう死んでると思うっすよ」

「一応、救急車を呼ぶんだ」

「了解っす」

乾が立ち上がって、上着の内ポケットから刑事用携帯電話《ポリスモード》を取り出した。

男が気合を発し、刺身庖丁を振り下ろした。浅倉は退《さ》がったが、血の雫《しずく》が頬に振りかかった。

ダウンコートの男が刺身庖丁を振り回しはじめた。浅倉は右や左に跳び、刃物を躱《かわ》した。男が急に背を見せた。刺身庖丁を握ったまま、全速力で走りだした。

浅倉は駆けながら、腰の手錠を引き抜いた。疾駆《しっく》しつつ、手錠を投げる。放った手錠は男の後頭部に当たった。

男が前にのめった。浅倉は助走をつけて高く跳《と》んだ。宙《ちゅう》で右脚を屈伸させ、相手の背中を蹴《け》りつける。

ダウンコートの男が前のめりに倒れた。刺身庖丁が路面に触れて、硬質な音を響かせた。

浅倉は路上の手錠を摑《つか》み上げた。

数秒後、男が刺身庖丁の柄《つか》を握り直した。肘《ひじ》を使って上体を起こす。浅倉は踏み込んで、相手の喉笛《のどぶえ》のあたりを蹴り込んだ。

男が体をくの字に折って、横に転《ころ》がった。怯《おび》えたアルマジロのように手脚《てあし》を縮め、唸《うな》り声をあげはじめた。

浅倉は血塗《ちまみ》れの刺身庖丁を道の端に蹴り込み、素早く男に後ろ手錠を打った。

「誰に頼まれて、横溝の命を狙った？」

「別に誰かに頼まれたわけじゃねえよ。おれは人を殺して刑務所《ムショ》に入りたかっただけさ」

相手が薄笑いを浮かべながら、そう言った。浅倉は無言で、男のこめかみを蹴った。男が体をさらに丸める。唸り声は高かった。

「堅気《ネス》じゃないなっ」

「まあな。『仁誠会』に足《ゲソ》つけてんだ」

「寺尾総長にカジノ解禁法案を成立させた横溝議員の命《タマ》を奪《と》れと命じられたのか？」

「なんでえ、何もかもお見通しか。総長は合法カジノが日本にできたら、『仁誠会』はシノギができなくなると不安になったんだ。だから、凄腕のスナイパーや爆破のプロを雇って、カジノ解禁法案を成立させた政治家や官僚を順番に消すことにしたわけよ」

「そっちの名は？」

「北原健斗《きたはらけんと》ってんだ。ついでに、年齢《とし》も教えてやらあ。三十二だよ。おれは高校を中退して、十七で部屋住みの若い衆になった。寺尾総長にゃさんざん尽くした。けど、三十過ぎても貫目《かんめ》は上がらねえ。常盆のテラ銭や違法カジノの収益《アガリ》が少ねえから、煙草銭程度しか貰《もら》えない。おれは風俗嬢に喰わせてもらってたんだ。その女はキャバクラの黒服と大阪に駆け落ちしやがった」

「ヒモと切れなきゃ、女は幸せになれないからな。で、大阪まで行って逃げた二人にヤキを入れたのか？」

「そうしようと思ったけどよ、なんか面倒臭くなっちまったんだ」

「で、人を殺して刑務所に行く気になったわけか？」

「そうだよ。もう逃げたりしねえから、好きにしな」

「開き直りやがって」

浅倉は肩を竦《すく》めた。そのとき、乾が走り寄ってきた。

「一一九番したっすけど、やっぱり横溝の脈はなかったすよ。犯人《ホシ》は何者なんす？」

「『仁誠会』の者らしい。寺尾総長の命令で横溝を殺《や》ったと言ってる」

「『Xの会』を動かしてたのは、寺尾信博と思ってもいいんじゃないっすか」

「まだわからないぞ。横溝を刺し殺したのは自称北原なんだが、あっさり口を割ったんだよ。何か裏があるのかもしれない」

浅倉は小声で乾に言った。

「そうっすかね。所轄署と本庁《うち》の機動捜査隊が臨場する前に別働隊に先に加害者を取り調べてもらったほうがいいでしょ？」

「もちろん、そうするつもりだったよ」

「おれが立花さんに電話しましょうか？」

乾が訊いた。

浅倉は首を横に振って、刑事用携帯電話《ポリスモード》を取り出した。ワンコールで、通話可能状態になった。

「いま、きみに電話しようと思ってたんだよ。首藤局長が殺された」

立花が早口で告げた。

「えっ⁉　狙撃されたんですか？」

「そうじゃないんだ。軍用炸薬《さくやく》を搭載した無人飛行機《ドローン》が合同庁舎2号館に突っ込み、首藤局長と二人のSPが爆死してしまったんだ。三人とも手脚が捥《も》げ、半ば炭化してるそうだよ」

「で、ドローンのパイロットの身柄《ガラ》は確保できたんですか?」

「逃げられてしまったそうだ。忌々《いまいま》しいね」

「横溝議員も、『仁誠会』の構成員と称してる男に刺身庖丁で心臓部を貫かれました。ほぼ即死だったと思われます。別働隊にすぐ出動してほしいんです」

浅倉は経過をつぶさに話しはじめた。

3

通行は規制されていた。

霞《かすみ》が関《せき》の官庁街は制服巡査だらけだった。立入禁止の黄色いテープが、ほうぼうに張り巡らされている。

車では、爆破事件のあった合同庁舎2号館には近づけない。浅倉たちコンビは北原健斗の身柄を別働隊のメンバーに引き渡し、首藤局長が爆殺された現場にやってきたのだ。

「これ以上、先には進めないっすね」

乾がそう言い、スカイラインを路肩に寄せた。沿道には新聞社やテレビ局の車輛が縦列《じゅうれつ》に並んでいる。実況中継中のアナウンサーたちの姿も目につく。

浅倉たちは車を降り、人波を掻《か》き分けた。野次馬《やじうま》の数は夥《おびただ》しい。テープの張られた場所に達するのに、なんと数分もかかった。外務省側だ。

「本庁の者だ」

浅倉は制服警官に警察手帳を見せた。かたわらの乾も短く呈示する。

「機捜《きそう》の方ではないようですね？」

「おれたちは四谷署に置かれた捜査本部の支援要員なんだ。こっちの爆破事件とリンクしてるかもしれないんで、一応、現場を踏んでみることにしたんだよ」

「そうですか」

「入れてもらうぞ」

「はい、どうぞ。ご苦労さまです」

相手が敬礼した。

浅倉たちは黄色いテープを潜《くぐ》った。桜田通りの左手だ。外務省の先に合同庁舎2号館がそびえている。警察庁と公安委員会が使っている庁舎だった。その向こうに警視庁本部庁舎がある。

焦げ臭い。合同庁舎2号館の四階の窓ガラスが砕《くだ》け落ち、外壁はところどころ剝《は》がれていた。

「あれ、変だな。確か警務局長室は別のフロアにあるはずっすよ。なのに、四階が爆破されてる」

乾が歩きながら、訝《いぶか》しがった。

「『Xの会』がマスコミ各社に殺人予告メールを送りつけたんで、首藤局長は狙撃されるのを避けるため……」

「それで、別の階に移ってたんすかね」

「と思うよ。おそらくドローンを飛ばした犯人は、桜田通りの反対側の合同庁舎の四、五階に潜んで暗視双眼鏡《ノクト・ビジョン》で標的のいるフロアを確認してから犯行に及んだんだろう」

「リーダー、真向かいの庁舎から軍用炸薬を積んだドローンを飛ばすのはちょっと危《ヤバ》いでしょ？　見つかりやすいんじゃないっすか」

「そうだな。爆破犯は2号館の斜《なな》め向かいにある合同庁舎6号館の左端に隠れてて、ドローンを飛ばしたんだろうか」

「6号館は法務省だったな。大胆な犯人《ホシ》っすね。標的は警察官僚だったわけっすから、捜査機関に対する挑戦とも言える犯行《ヤマ》っすよ。くそっ、警察をなめやがって！」

「そういきり立つな」

浅倉は部下をなだめ、歩《ほ》を進めた。

2号館の前には、本庁機動捜査隊の面々が固まっていた。警護課のメンバーがあたりに鋭い目を向けている。初動班の中に幾度か酒を酌《く》み交わしたことのある牛島恭一《うしじまきょういち》警部補がいた。浅倉の大学の後輩で、三十二歳だった。

「牛島、ちょっといいか？」

「あっ、先輩！」

　牛島が駆け寄ってきた。学生時代に柔道部に所属していたからか、格闘家のような体型だ。背は乾よりも低いが、押し出しはいい。

「2号館で爆破事件があったんで、ちょっと現場にお邪魔させてもらったんだ。おれは捜一の特命捜査対策室別室に異動になったんで、仕事絡みじゃないんだがな」

「強行犯捜査をずっとやってたので、どうしても血が騒いじゃうんでしょ？」

「うん、まあな。軍用炸薬を搭載したドローンが2号館に突っ込んだんで、首藤警務局長と二人のSPが亡くなったんだって？」

「そうなんですよ。ドローンにはTNT爆薬を板状にした炸薬が貼《は》りつけられてたようで、2号館全体が揺れたそうです」

「そうだろうな。首藤局長は狙撃を避けるために四階に移ってたんだろう？」

　浅倉は問いかけた。

「そうなんですよ。会議室に移られて、SPたちにガードされてたんですがね。まさかTNT爆薬を搭載したドローンが窓から突っ込んでくるとは、誰も予想できなかったんでしょう」

「そうだったんだろうな。死者が三人だけだったのは、奇跡だったのかもしれない。普通なら、もっと大勢の死傷者が出てただろう。おそらく爆薬の量が少なかったんだろうな」

「でしょうね」

「報道によると、正体不明の『Xの会』がきょう中に首藤局長を殺すという内容の予告メールをマスコミ各社に送りつけてたそうだな」

「ええ、そうなんですよ。首藤局長は官邸肝煎りのカジノ解禁法案推進特命チームのメンバーだったんで、命を狙われたんでしょうね。すでに五人の推進派議員が殺害されてます」

「そうだな」

「謎のテロ集団は日本に合法カジノができることを力ずくで阻止する気でいたみたいですから、超党派で結成された推進派同盟二百数十人の国会議員はもちろん、協力してる官僚たちも殺すつもりなんでしょう。そんなことを許したら、無法国家になってしまいます」

「そうだな」

「先輩、なんとかしましょうよ」

牛島が言った。

「そう言われても、いまのおれには出番がないよ」

「偉いさんたちは何を考えてるのかな。先輩を捜査一課から外すなんて、どうかしてますよ。殺人犯捜査第五係の係長だった先輩を特命捜査対策室別室に飛ばすなんて、おかしいです」

「おれは仕事嫌いじゃないが、くだけ過ぎてるんだろうな。酒と女が大好きときてるから、上層部に嫌われてるようだ」

「先輩はモテそうだから、遊ぶ相手には不自由してないんでしょう？」

「牛島、そんなことよりもドローンはどこから飛ばされたんだ？」

「６号館の四階の左端にある男性用トイレから飛ばされたようです。トイレのガラス窓が円《まる》く切り取られてたんですよ」

「初動班は当然、６号館の防犯カメラの映像分析はしたんだろ？」

乾が話に割り込んだ。

「ええ、もちろん！　ですが、特に怪しい人物は映っていませんでした」

「おそらく爆破犯は非常扉のロックを解除して、６号館に侵入したんだろうな」

「でも、アラームは一度も鳴らなかったそうなんですよ」

「なら、犯人は法務省の職員になりすまして堂々と入口から館内に入ったんだろうな。録画をチェックし直したほうがいいだろう」

「主任にそう言っておきます」

「四階のトイレに遺留品《リュウ》は？」

「大便用個室の一つに切り取られた円形の強化ガラスが投げ込まれてましたが、人間の指《し》掌紋《しょうもん》はまったく付着してませんでした。犯人はガラスの裏表を布で拭《ぬぐ》ってから、軍用炸薬を個室に入れたんでしょうね」

「ああ、そうなんだろう。そこまで落ち着いた行動をとってるんだから、爆破犯は犯罪のプロだな」

「そうかもしれませんね。トイレに犯人の遺留品はありませんでしたが、6号館のそばに白いベンツが駐《と》めてありました。路上駐車禁止ゾーンですから、犯人が乗ってきた車かもしれません」

「車の所有者は？」

「上野《うえの》にある『おふくろ』という居酒屋を経営してる寺尾商事の名義になってました」

「寺尾商事だって⁉」

「ええ。その会社の代表取締役は、『仁誠会』の寺尾信博総長でした。寺尾総長に電話で問い合わせたら、路上駐車中のベンツは五日前の夕方、何者かに乗り逃げされたと言ってました」

「車の盗難届は？」

「出されていませんでした」

「怪しいな。『仁誠会』の総長は嘘をついてるのかもしれないっす。ね、浅倉さん？」

乾が顔を向けてきた。浅倉は生返事をして、乾の靴を軽く踏んだ。乾が口を結ぶ。

「自分らもそう思ったので、博徒一家の親分のことをちょっと調べてみたんですよ」

牛島が浅倉に言った。

「そうか」

「寺尾総長は、カジノ解禁法案には大反対だったようなんです。合法カジノが日本にできたら、賭場《とば》のテラ銭は激減するでしょうからね。違法カジノに通う客も少なくなるにちがいありません。古風な博徒一家は解散に追い込まれるかもしれないでしょ？」

「そうだろうな。初動班は議員連続殺人や今夜の爆破事件に『仁誠会』が関与してるかもしれないと読んだのか？」

「その疑いはゼロではないと思います。寺尾総長はカジノ解禁法案をぶっ潰したいと考えてたはずですので。『Xの会』を操《あやつ》ってるのは老親分なんじゃないですかね？」

「『仁誠会』は台所が火の車だと思うよ。殺し屋《プロ》たちを雇える余裕なんかないんじゃないのか？」

「構成員が五人の国会議員を始末して、今夜、警察庁の警務局長やSPたちを爆死させたのかもしれません」

「博打《ばくち》好きのやくざの中に、殺しに長《た》けた奴はいないと思うがな。一連の事件の実行犯たちは自衛隊か警察で特殊な訓練を受けてるか、傭兵《ようへい》崩れなんだろう」

「そうなんでしょうか」

「それにな、寺尾が経営してる居酒屋の車を実行犯に使わせるわけない。わざわざ6号館の近くにベンツを放置して爆破犯が逃げたのも不自然だ」

「ええ、確かに。何者かが『仁誠会』の親分に罪をなすりつけようとしたんでしょうか？」

「そう判断すべきだろうね。仕事の邪魔をしちゃったな。頑張ってくれ」

浅倉は牛島の肩を叩いて、体を反転させた。乾も踵《きびす》を返す。

二人は逆戻りして、規制線の外に出た。野次馬の数は少しも減っていない。

浅倉たちはスカイラインに乗り込んだ。外務省を回り込んで、地下鉄桜田門駅方面に向かう。本部庁舎は地下鉄駅の横にある。

二人は覆面パトカーごと地下三階まで下《くだ》り、アジトに足を向けた。秘密刑事部屋に入ると、立花班長、宮内、玲奈の三人がソファに腰かけて何か話し込んでいた。

「遅くなりました。2号館の破損具合を見てきたんですよ」

浅倉は立花に報告した。

「わたしも、さっき現場を見てきた。思っていたよりも、破損は小さかったね。四階がそっくり噴《ふ》き飛ばされ、三階や五階の一部が崩れ落ちてると思ってたんだが……」

「ドローンに搭載されてたＴＮＴ爆薬の量は多くなかったんでしょう」

「浅倉、爆薬の名を知ってるのはなぜなんだ？」

　立花が訊いた。

「機捜初動班の牛島が2号館の前にいたんですよ」

「彼は、きみの大学の後輩だったね？」

「ええ、そうです。さりげなく牛島から初動捜査情報を聞き出すことに成功しましたよ。もちろん、チームのことには一切触《ふ》れませんでした」

　浅倉は、牛島から得た情報を班長に伝えた。

「ベンツが6号館の近くに置き去りにされてたのは、何か作為的《さくいてき》だね。『仁誠会』の総長は車の盗難届を出してないと初動班の者に言ったようだが、ベンツは本当に盗まれたんだろうな」

「だと思います」

「きみらはどう読む？」

　立花が、前に並んで坐った宮内と玲奈を交互に見た。先に口を開いたのは元ＳＰだった。

「わたしも、そう思いますね。寺尾総長がきょうの爆破事件の首謀者だとしたら、自分が営んでる会社名義のベンツを実行犯に使わせるわけありません。わざわざ自分を怪しんでくれと捜査当局に言ってるようなものですからね」

「わたしも、宮内さんと同意見です。『Xの会』のボスが『仁誠会』の親分に濡衣《ぬれぎぬ》を着せようとしたにちがいありませんよ」

玲奈が立花に言って、小さく振り向いた。

「乾さんも、そう考えてるんでしょ?」

「おれはさ、寺尾はグレイと見てたんすよ。合法カジノができたら、『仁誠会』は解散に追い込まれるかもしれないっすよね。だから、借金してでも犯罪のプロたちを雇って、五人の国会議員と警察官僚を片づけさせた疑いもあると思ってたんす。蓮見、おれの筋の読み方はどうだ?」

「外れてるでしょうね」

「はっきり言うじゃないか」

「気に障《さわ》ったら、ごめんなさい。乾さん、よく考えてみて。『仁誠会』の親分は古風かもしれないけど、裏社会で生き延びてきたのよ。すぐに足のつくような下手は打たないはずだわ。チンピラじゃないんだから、もし寺尾総長が『Xの会』を動かしてるんなら、用意周到な下準備をするでしょう」

「そう言われると、そうなんすよね。みんなが言うように、寺尾信博は一連の事件には絡《ヤマ》んでないのかもしれないっす。おれ、直感を頼りにしてるっすから……」

乾が頭を掻いて、玲奈の隣に腰を落とした。浅倉は立花班長の横のソファに坐った。

「別働隊の主任がさきほど届けてくれたんだよ」

立花が浅倉に言って、卓上のＩＣレコーダーを指さした。

「北原健斗を世田谷署に引き渡す前に取り調べたときの遣《や》り取《と》りが録音されてるんですね？」

「そうなんだ。主任が取り調べに当たってる。宮内君たちにはもう聴《き》かせたんだが、きみと乾君にも……」

「聴かせてください」

浅倉は言った。立花がＩＣレコーダーの再生スイッチを押した。

雑音《ノイズ》の後、機動捜査隊の主任と北原との会話が流れはじめた。音声はクリアだ。

——民自党の横溝将司議員を愛人宅の前で刺し殺したことは間違いないんだな？

——ああ。おれに手錠《ワッパ》打った刑事が一部始終を見てたんだから、もういいじゃねえか。あの男、荒っぽすぎるぜ。おれに飛び蹴りして、こめかみもキックしやがった。お巡《まわ》りがそんなことをしてもいいのかよ。過剰防衛じゃねえのかっ。

——おまえは、血に染まった刺身庖丁を持ってたんだ。拳銃で脚《あし》を撃たれても、文句なんか言えなかったんだぞ。

——ありがたいと思えってか？　けっ！

――横溝議員に恨《うら》みでもあったのか？

――個人的には恨みなんかねえよ。けどよ、横溝はカジノ解禁法案推進派の旗振りだったじゃねえか。

――そうだったな。

――おれたちは博打をシノギにしてんだ。東京や大阪に巨大カジノができたら、『仁誠会』の常盆に客が集まらなくなるに決まってる。違法カジノの収益《アガリ》も激減しちまうだろうさ。そうなりゃ、昭和初期に結成された『仁誠会』も解散せざるを得なくなるだろうよ。おれたちは、おまんまを喰えなくなっちまう。だから、横溝のことは敵だと思ってた。けど、会ったこともねえ国会議員を殺《や》っちまおうなんて考えてなかったよ。

――考えが変わったのは、どうしてなんだ？

――寺尾総長は、おれたちを路頭に迷わせるわけにはいかねえから、命懸《が》けでカジノ解禁の実現を阻むと言ったんだ。子分たちの行く末を考えてる親分の気持ちがありがたくて、おれは泣きそうになったぜ。実の親にそんなふうに愛情をかけてもらったことがなかったからな。

――総長は、カジノの合法化に汗を流した議員と官僚を皆殺しにする気になったんだろう？

——そうだよ。総長は月極《つきぎめ》駐車場にしてた個人所有の土地を売って、元陸自のレンジャー隊員や傭兵崩れを集め、五人の国会議員を殺《や》らせたんだ。『Xの会』という架空のテロ集団の仕業《しわざ》に見せかけて、推進派だった政治家と官僚をひとり残らず処刑する計画だったんだよ。

——おまえ、人を殺《あや》めたことあるのか？

——ねえよ。けど、おれたち子分も何か手伝わねえとと思ったんで、総長にそのことを言ったんだ。そしたら、旗振りだった横溝将司を殺《や》ってくれって言ったんだよ。それでさ、横溝が週に一度、愛人の葉山美沙《はやまみさ》の家に泊まってると教えてくれたんだ。そのとき、愛人宅が世田谷の弦巻《ヤサ》にあるってことも聞いた。それから、後日、横溝の顔写真も渡されたな。

——おまえは愛人宅の下見をしてから、毎晩、張り込んでたわけか。

——いや、そうじゃねえよ。愛人宅の近所に住む主婦たちから、横溝が毎週水曜日の晩に元グラビアアイドルの愛人宅に通ってくるって話を聞いたんで、その夜に待ち伏せしてたんだ。

——すると、案の定《あんじょう》、議員がやってきたわけか。

——そう、タクシーでな。世話してる女は三十六らしいが、体の線が崩れてないんだ。服役することになるんだろうから、横溝を殺《や》る前に美沙を姦《や》るんだったよ。パトロンよりパワーがあるから、元グラビアアイドルも悦《よろこ》んだんじゃねえのかな。

——くだらないことを言うな。強姦（現・強制性交）罪と殺人罪のダブルなら、十五年は臭い飯を喰うことになるぞ。

——そいつは、ちょっと辛《つら》いな。

——連続殺人の実行犯のことを教えてくれ。

——元自衛官とかフランス陸軍の外人部隊にいた奴らしいけど、総長は詳《くわ》しいことは教えてくれなかったんだ。殺しの報酬はひとり五百万円とそんなに高くないけど、数多くの議員や官僚を始末すりゃ、総額で大変な収入になるよな。どいつも人殺しが好きなんだろうよ。

——これから、おまえを所轄署に連行する。

——おたくら、本庁の者だと言ってたじゃねえか。てっきり警視庁の留置場《トリカゴ》にぶち込まれると思ってたがな。

——最初は所轄署に留置されることになってるんだ。

——なんでもいいから、早く車を出してくれよ。シートに同じ姿勢で坐ってるから、腰が痛くなったんだ。

——すぐに部下に発進させるよ。

音声が熄《や》んだ。

立花班長がICレコーダーの停止ボタンを押した。

「北原はおれに言ったこととかなり違う話をしてますね。すらすらと自供してるのも、妙な感じがします」

浅倉は班長に言った。

「総長に恩義を感じてるようなことを言ってたが、あっさり口を割った。一連の事件の黒幕は寺尾だと印象づけたいという魂胆《こんたん》が透けてるね」

「ええ。北原は真の首謀者を庇《かば》おうとしてるんでしょう。その相手に横溝の息の根を止めてくれと頼まれたんでしょう。それ相応の謝礼を呈示されてね」

「そう疑えるな。明日、乾君と『仁誠会』の総長に探《さぐ》りを入れてくれないか」

立花が指示した。浅倉は顎を引き、脚《あし》を組んだ。

4

豪邸ではなかった。

家屋こそ大きいが、ありふれた木造モルタル塗りの二階家だ。文京区《ぶんきょう》湯島《ゆしま》にある寺尾総長の自宅は大通りから少し外れていた。

「昔気質《かたぎ》の博徒らしい家《ヤサ》だな」

浅倉は乾に言って、先にスカイラインの助手席を離れた。待つほどもなく、巨漢刑事が車を降りた。

午前十一時過ぎだ。今朝は霜柱《しもばしら》が立つほど冷え込みが厳《きび》しかった。空はどんよりと曇っている。そのうち、小雪がちらつくのではないか。

宮内・蓮見ペアは、横溝議員を刺殺した北原健斗に関する情報を集めている。何か手がかりを摑んでほしいものだ。

浅倉たちは十数メートル歩いて、寺尾宅の門の前に立った。

乾がインターフォンを鳴らす。ややあって、スピーカーから男の声が洩《も》れてきた。

「どちらさんでしょう?」

「警視庁の者だよ。ただの聞き込みだから、安心しなって。おたくは部屋住みの若い衆なんだろ?」

「代貸《だいがし》の坪井《つぼい》だが……」

「おっと、失礼したね。寺尾総長は在宅なんでしょ?」

「おりますが、あんた、まだ名乗ってないやね」

「乾という者だ。上司の浅倉と一緒に伺ったんすよ。構成員の北原健斗について、いろいろ教えてくれませんか。北原が昨夜《ゆうべ》、国会議員を世田谷区内で刺し殺したことは知ってるっすよね？」

「テレビのニュースで、その事件のことは知りました。けど、『仁誠会』とはなんの関係もない。北原は去年の五月に破門になったんでさあ」

「どんな不始末を……」

浅倉はインターフォンに顔を近づけた。

「北原の野郎は新規の飲食店を回って勝手に組織の名を出し、三万円ずつみかじめ料を回収してたんですよ」

「『仁誠会』は、みかじめ料を縄張り内《シマウチ》の酒場やパチンコ屋から貰《もら》ってないのかな？」

「そうでさあ。総長《オヤジ》の方針で昔っから、どこからも用心棒代なんか集めてないんですよ」

「北原は組織の掟《おきて》を破ったんで、破門になったわけか」

「そう。全国の親分衆に絶縁状を回されなかっただけでも、ありがたいと思わなきゃね。北原は小指《エンコ》を落とさずに済んだし、詫び料も要求されなかった。あいつは十七のときから部屋住みをやってたんで、総長《オヤジ》が温情をかけてやったんでさあ」

坪井が言った。

破門の場合は、別の暴力団の組長の盃《さかずき》を貰うことが可能だ。しかし、絶縁を言い渡されると、やくざの世界に二度と身を置けなくなる。永久追放だ。

「そのあたりのことを含めて寺尾総長から直《じか》に話をうかがいたいんで、取り次いでもらいたいんですよ」

「わたしが総長《オヤジ》に代わって受け答えしまさあ。それでいいでしょ?」

「寺尾さん本人に確かめたいこともあるんで、ぜひお目にかからせてください」

「わかりやした。少々、お待ちを……」

スピーカーが沈黙した。

数分待つと、玄関戸が開いた。五十代半ばの男が現われた。角刈りで、ずんぐりとした体型だ。眼光が鋭い。

「坪井です。お目にかかるそうです。どうぞお入りください」

「お取り次ぎ、ありがとうございました」

浅倉は寺尾宅に足を踏み入れた。庭木はよく手入れされていた。池の中で、十数尾の錦《にしき》鯉《ごい》がゆったりと泳いでいる。乾が後ろから従《つ》いてきた。

浅倉たちは奥の座敷に通された。床の間付きの十二畳の和室だった。

寺尾総長は座椅子に胡坐《あぐら》をかき、両切りの煙草《たばこ》を右手の指に挟んでいる。座卓の上の南《なん》部鉄《ぶてつ》の灰皿は大きい。老やくざは煙草好きなのだろう。

「おまえは席を外してくれ」

寺尾が代貸に耳打ちした。坪井は何か言いたげだったが、黙って部屋から出ていった。

浅倉たちは名乗ってから、座蒲団に腰を落とした。

「北原を去年の五月に破門にしたことは、坪井から聞いてるね？」

寺尾が浅倉に確かめた。

「ええ」

「貧乏してりゃ、誰も銭が欲しいと思うわな。だからといって、組織の掟《おきて》を破っちゃいけねえよ」

「そうですね」

「北原は十七のとき、部屋住みの若い衆になった。おれは子宝に恵まれなかったんで、あいつには目をかけてやった。博才はなかったけどさ、気の利《き》く奴だったよ。けど、けじめはつけなきゃならねえ。だから、野郎を破門にしたんだ」

「そうですか。北原は『仁誠会』を離れてから、どう暮らしてたんです？」

「風の便りでは大型免許を取って冷凍トラックの運転手になったそうだが、数カ月で仕事をやめてしまったらしいよ。その後はキャバ嬢のスカウトみたいなことをしてたようだが、それも長続きしなかったみてえだな。それからのことは、よくわからねえ。おそらく金に詰まっちまったんで、国会議員殺しを請け負《う》ったんだろうよ」

「そうなんでしょうね」

浅倉は上着のポケットからＩＣレコーダーを取り出し、卓上に置いた。寺尾が煙草の火を消して、ＩＣレコーダーに視線を向けた。

「何だい、それは？」

「北原が殺人容疑で緊急逮捕された直後の取り調べ時の遣《や》り取りです。ちょっと聴いてほしいんですよ」

浅倉はICレコーダーの再生ボタンを押した。ほどなく録音音声が流れはじめた。

みるみる寺尾総長の顔つきが険《けわ》しくなる。浅倉は寺尾の表情をじっと観察した。演技をしているようには見えない。左隣に坐った乾も、寺尾を見据えている。

やがて、音声が熄《や》んだ。

浅倉はICレコーダーの停止ボタンを押した。その直後、乾が口を開いた。

「親分、北原はそう供述してるっすけど……」

「でたらめだっ。北原は破門されたことで、逆恨みしてたんだろうよ。だから、おれが横溝って議員を殺《や》らせたような言い回しをしたんだろう。そうにちげえねえ」

「親分は、カジノ解禁法案が成立することを望んでなかったんでしょ？　合法カジノが日本に幾《いく》つもできたら、常盆の客は激減するはずっすからね。違法カジノの収益《アガリ》もガタ落ちするだろうな」

「おい、おれを怪しんでるのかっ。カジノ解禁法案が通ったんだから、今後はシノギが一段と厳しくなるだろうよ。だから、廃案になってほしかったと思ってたさ。けど、法案は成立したんだ」

「でも、推進派だった国会議員二百数十人とキャリア官僚を始末して、さらに現首相と全大臣まで抹殺《まっさつ》しちゃえば、カジノ運営会社は事業計画を見直すかもしれません」

「まさか国会議員や官僚を殺害したと犯行声明をマスコミに寄せた『Xの会』を操《あやつ》ってるのは、このおれだと疑ってるんじゃねえだろうなっ」

「そうじゃないんすか？」

「てめーっ！」

寺尾が額《ひたい》に青筋を立て、鉄の灰皿を摑《つか》みそうになった。浅倉は総長に声をかけた。

「部下が失礼な口をきいて申し訳ありませんでした」

「合法カジノを日本にこさえたがってた奴らは敵だと思ってらあ。けどな、おれは血に飢えた殺人狂じゃねえぞ。殺しのテクニックを習得した奴らを動かすほどクレージーじゃねえ。第一、そういう連中を雇う銭なんかねえや。北原の野郎は、おれが個人名義の土地を売ったようなことを言ってたが、そいつは嘘も嘘だ。貸駐車場にしてる四十五坪ほどの土地は所有してるが、そこは借地なんだよ。地主の承諾《しょうだく》がなけりゃ、借地権だって勝手には売れねえんだ。金庫に土地の借地貸借契約書が入ってるから、いま見せてやらあ」

「親分、勘弁《かんべん》してください。おれ、わざと親分を怒らせて、反応を見たかったんすよ。親分は一連の事件には関わってないな。そう確信を深めたっすよ」

乾が柔和《にゅうわ》な表情で言った。

「若造、おれを試《ため》しやがったのか。危《あや》うく段平《だんびら》、いや、模造刀を持ち出すとこだったぜ」

「模造刀っすか⁉ それじゃ、どっかの組に殴り込《カチコミ》みかけられたら、応戦できないでしょ？」

「持ってるのは模造刀だよ。銃刀法に触れてると思ってるんだったら、令状持って出直しな」

「裁判所に家宅捜索令状を請求してる間に、物騒《ぶっそう》な物をすべて別の場所に移すつもりなんでしょ？」

「この家には模造刀と竹刀《しない》しかねえよ。本当だって。疑い深い野郎だ」

「なんでも疑ってみるのが刑事《デカ》の仕事なんすよ」

「今度は屁理屈《へりくつ》かっ」

寺尾が口を尖《とが》らせた。浅倉は吹き出しそうになった。総長と乾の遣り取りがコミカルだったからだ。

「北原は少しまとまった銭を貰えるからって、カジノを早く合法にしたがってた横溝議員を始末したんだろうな。殺しの依頼人が誰なのかわからねえけどよ」

「寺尾さん、北原を雇った人間にまるで思い当たりませんか？」

浅倉は訊いた。

「具体的には誰かわからねえけど、北原を使ったのはカジノが合法になると、塩梅《あんばい》悪くなるんじゃねえのか？」

「カジノ法案が成立したんで、いずれはパチンコ業界も影響を受けそうですね」

「だろうな。パチンコのホール経営者だけじゃなく、パチンコ台やスロットマシンを製造してる会社、景品納入業者も商売上がったりになるだろうよ」

「でしょうね。そういったビジネスに携《たずさ》わってる経営者がカジノ解禁の実現が面白くなくて、暴挙に出たんだろうか。死活問題となったら、殺しや爆破のプロたちに高額な成功報酬を払うことも惜《お》しまないでしょう」

「そいつらの中に『Xの会』をダミーにして、推進派だった議員や官僚を皆殺しにする気でいるクレージーな人間がいるんじゃねえのか？」

「北原の知り合いでパチンコ産業と繋《つな》がってる奴はいませんか？」

「いねえと思うが、よくわからねえな。北原はこっそりみかじめ料を集めてたから、いろいろ秘密がありそうだ。野郎の交友関係をとことん洗えば、疑わしい人間が浮かび上がってくるんじゃねえのか」

「洗ってみましょう」

「帰りがけに坪井に声をかけてみなよ。何か知ってるかもしれねえからさ」

寺尾が言って、また両切り煙草に火を点けた。

それを汐《しお》に、浅倉・乾コンビは立ち上がった。和室を出ると、廊下の中ほどに代貸が立っていた。

浅倉は坪井に北原の交友関係について質問してみた。だが、坪井は北原の個人的なことは何も知らなかった。浅倉たちは代貸に謝意を表し、寺尾宅を辞去した。寒風《かんぷう》が頬《ほお》を刺す。

スカイラインに乗り込むと、宮内から浅倉に電話がかかってきた。

「少し前に北原の十代のころの遊び仲間に会ってきたんですが、気になる話を聞いたんですよ」

「詳しいことを教えてくれ」

「はい。北原の昔の遊び仲間は棚橋周平《たなはししゅうへい》って名前で、いまは真面目《まじめ》になって家業の八百屋《やおや》を継いでるんですよ。十日ほど前に北原が急に訪ねてきて、棚橋の銀行口座を使わせてくれないかと言ったらしいんです。礼金として十万円をキャッシュでくれたんで、棚橋は口座番号を教えたという話でした」

「それで?」

「翌々日、棚橋の口座に三百万円が振り込まれたというんですよ。振込人は『豊栄商事《ほうえいしょうじ》』だったそうです」

「殺しの成功報酬の着手金が振り込まれたんじゃないか」

「わたしも、そう直感しました。蓮見が社名で検索して、『豊栄商事』は首都圏で二十七のパチンコ店をやってることがわかりました。社長は関口渉《せきぐちわたる》、四十八歳です。関口は二代目社長で、若いころに傷害で検挙されてました」

「その会社の本社は、どこにあるんだ？」

浅倉は訊いた。

「上野二丁目にあります」

「パチンコホールを二十七店舗も持ってる関口という男が北原に横溝議員を始末させたのかもしれないぞ」

「そうですね。それから、『Xの会』の黒幕とも疑えるでしょ？」

「ああ、そうだな。『仁誠会』の総長は、一連の事件には絡《から》んでないという心証を得たんだ」

「それでしたら、これまでの事件の絵図を画《か》いたのは『豊栄商事』の社長なんでしょう」

「臭いな。棚橋という男の口座に振り込まれた三百万は、どうなったんだ？」

「棚橋が全額引き出して、北原に手渡したとのことでした」

「そうか。そのとき、北原は棚橋に何か洩らさなかったのかな？」

「もしかしたら、しばらく会えなくなるかもしれないと言ったそうです。北原は刑務所にぶち込まれることを覚悟して、国会議員を刺し殺したんじゃないですかね」

「そうなんだろう。成功報酬はかなりの高額で、北原は別人の口座に残りの金を一千万円前後振り込んでもらったのかもしれないな。友達《ダチ》の口座に残金をそっくり振り込んでもらったら、怪しまれる恐れがあるじゃないか」

「ええ、そうですね。数百万円ずつ何人かの知り合いの口座に振り込んでもらったんだろうか?」

「多分、そうじゃないだろう。北原は身内の誰かの口座に残金を振り込ませたと考えられるな」

「そうなんですかね。棚橋は、北原が両親とは疎遠《そえん》になったままだと言ってましたよ。ただ、北原と四つ違いの姉とは連絡を取り合ってるようです。千春《ちはる》という名の姉は埼玉《さいたま》県の浦和《うらわ》在住で、自宅アパート近くのスーパーで働いてるそうです」

「宮内、蓮見と一緒に北原の姉さんに会ってみてくれないか。『豊栄商事』から姉貴の口座に多額の振り込みがあったら、一連の凶悪事件のシナリオを練ったのは関口渉なんだろう。神崎陽一を誰かに撲殺させたのも、『豊栄商事』の社長なのかもしれない」

「その疑いは濃厚ですね。わたしたちは浦和に向かいます」

宮内が電話を切った。

浅倉は刑事用携帯電話《ポリスモード》を懐に仕舞《しま》ってから、乾に通話内容を伝えた。

「北原の姉貴の口座に『豊栄商事』から一千万前後の金が振り込まれてたら、おれたちの読み筋はビンゴっすよ」

「そう思うんだが、ちょっと腑《ふ》に落ちない点もあるんだ」

「どんなことなんす？」

「一連の事件の首謀者は、『Xの会』の犯行に見せかけてミスリード工作を重ねてきた。そういう悪知恵を働かせた者が無防備にも北原の昔の遊び仲間の口座に、殺しの報酬の着手金と思われる三百万を振り込んでる」

「リーダーが言ったように、無防備すぎるっすね。北原が逮捕されたら、殺しの依頼人を吐くかもしれないからな」

「そうなんだ。もしかしたら、関口渉はダミーの黒幕にすぎないのかもしれないな」

「『豊栄商事』の社長は、パチンコ関連事業をやってる真の首謀者に何か弱みを握られて、殺しの着手金を振り込むよう強要されたんじゃないっすか。関口は本当の黒幕に現金を手渡され、その分を棚橋の口座に振り込んだだけなんすかね？」

「そうだったとしたら、議員たちや官僚を片づけた殺し屋《プロ》にも関口は成功報酬を振り込まされたとも考えられる。いや、それはないだろうな。実行犯たちには札束を直《じか》に手渡したにちがいない。関口に複数の口座に振り込ませるのは面倒だし、受け取った相手も銀行関係者に怪しまれるかもしれないじゃないか」

「怪しまれるって、どういうことなんす？　リーダー、わかりやすく説明してくれませんか」

「わかった。パチンコ店をチェーン展開してる会社の取引相手とは考えにくい個人に多額の振り込みがあったら、訝《いぶか》しく思うよな?」

「ええ、そうっすね。けど、『豊栄商事』は北原の昔の遊び仲間の棚橋の銀行口座に殺しの着手金と思われる三百万を振り込んでるっすよ。リーダーの話、矛盾してないっすか?」

「関口を黒幕と思わせる客観的な事実が必要だったから、真の首謀者はそうさせたんだろうな」

「なるほど、そういうことっすか。リーダー、関口は検挙歴があることを知られ、ダミーの黒幕を演じざるを得なくなったんじゃないっすかね。若いころに警察沙汰《ざた》になったことを業界の人間に知られたら、商売に影響が出てくるかもしれないでしょ?」

「そうだな。上野に向かってくれ」

「了解っす」

乾がシフトレバーに手を伸ばした。

浅倉は背凭《もた》れを少し傾けた。スカイラインが走りだした。

5

しゃっくりが止まらない。

ハンバーガーとフィッシュバーガーを早喰いしたからだろう。張り込み中だった。

スカイラインは、『豊栄商事』の斜め前のガードレールに寄せられている。張り込んで間もなく、浅倉は知人を装《よそお》って偽《にせ》電話をかけた。言うまでもなく、使ったのは私物のスマートフォンだった。

社長の関口は、まだオフィスに顔を出していなかった。チェーン店舗を何軒か回ってから出社する予定になっているということだった。

「リーダー、大丈夫っすか？　おれも早喰いだから、しゃっくりがよく出るんすよ。レモンのスライスを噛《か》めば、しゃっくりは一発で止まるんすけどね」

「そうだってな。おれは子供のころから息を詰めて、ゆっくりと水を飲んで止めてきたんだ」

浅倉は呼吸を止め、息苦しくなってからコーラの缶を傾けた。徐々にコーラを喉《のど》に流し込むと、しゃっくりは出なくなった。

「よかったっすね。喰いもの屋でゆっくり昼食を摂《と》れれば、しゃっくりに悩まされることはないと思うんすけどね。張り込み中だと、おにぎり、サンドイッチ、ハンバーガーの類《たぐい》しか頬張《ほおば》れないからな」

「刑事《デカ》稼業をやってるんだから、仕方ないさ」

「そうっすね」

乾が口を閉じた。

その数分後、玲奈から浅倉に電話がかかってきた。

「いま北原千春の勤め先のスーパーを出たところです。北原の姉さんの口座には『豊栄商事』から入金はないそうですけど、弟から数日中には千二百万円がチェーンパチンコ店運営会社から振り込まれるはずだと聞いてたとのことでしたが……」

「そのことを北原の姉貴は、初動捜査に動いてる刑事には話したのかな?」

「話さなかったそうです。千春は、振り込まれる予定の大金が人殺しの報酬だと直感したらしいんですよ。弟に頼まれたことを話したら、彼女は殺人依頼者に命を狙われるかもしれないと思ったんで……」

「話せなかったわけか」

「ええ、そう言ってました。弟が大それた事件を引き起こしたんで、千春はきょうで仕事を辞《や》めてアパートも引き払うつもりだそうです」

「姉貴が人殺しをしたわけじゃないが、世間から白い目で見られるだろうからな。北原は血縁者の人生も台なしにしてしまった」

「そうですね。千春は、弟が横道に逸《そ》れてしまったのは仕方ないと同情してました。両親は子育てを放棄《ほうき》して、どちらも遊びほうけていたらしいんですよ。夕食はきまってカップ麵《めん》だったそうです。酔った親が帰宅するのは、いつも午前二時、三時だったらしいんです。母親がスナックで知り合った年下の男を家に連れ込むこともしょっちゅうだったみたいですよ。父親は月のうち十日は外泊してたといいますから、浮気相手がいたんでしょうね」

「だろうな。そんな家庭で育ったら、グレたくもなるだろう。姉貴はよく道を外さなかったな」

「幼いころから、両親を反面教師にして生きてきたみたいですよ」

「そういうことか。北原は千五百万の成功報酬で議員殺しを請け負ったわけだろうが、捕まったときのことを考えたら、その額では割に合わないとは考えなかったんだろうか」

「北原は、姉に『金に困ったときはいつでも相談してくれよ。おれがなんとかするからさ』と言ったらしいんです。北原は殺人依頼者の弱みにつけ込んで、強請《ゆす》りつづける気でいたんじゃないのかしら？」

「姉貴にそう言ったんなら、そうするつもりだったんだろうな」

「リーダー、『豊栄商事』の関口社長に揺さぶりをかけてみたんですか？」

「関口はまだオフィスに顔を出してないんだよ」

浅倉は経過を手短《てみじか》に話した。

「わたしたちも上野に回りましょうか？」

「いや、蓮見たち二人はいったんアジトに戻ってくれないか」

「わかりました。では、わたしたちは待機してます」

玲奈が電話を切った。浅倉はスマートフォンを懐《ふところ》に戻し、乾に通話内容を話した。

時間が虚《むな》しく過ぎ、陽《ひ》が大きく傾いた。立花班長から浅倉に電話がかかってきたのは、午後四時過ぎだった。

「岡部《おかべ》首相の姪《めい》の岡部みすず、二十一歳が聖和《せいわ》女子大のキャンパスの近くで『Xの会』に拉致《らち》された。首相の実弟の長女は黒いフェイスマスクを被《かぶ》った二人の男にワンボックスカーに押し込まれて、学友たちの目の前で連れ去られたらしい。ワンボックスカーのナンバープレートは、青いビニール袋ですっぽりと隠されてたというんだ」

「すぐに緊急配備されたんでしょ？」

「拉致現場の港《みなと》区内はただちに封鎖され、都内全域に包囲網が張られたんだが、現在、ワンボックスカーは見つかっていない。港区内のどこかに被害者が監禁された可能性もあるんで、間もなくローラー作戦が開始されることになってる」

「で、『Xの会』は犯行声明をマスコミ各社に寄せたんですか？」

浅倉は訊いた。

「各社に渋谷のネットカフェから犯行声明がメールで送信されたんだ。カジノ解禁を断念する気がないなら、岡部首相の姪を殺し、予定通りに推進派の政治家と官僚を皆殺しにすると記してあったらしい。最後通告だとも付記されてたそうだよ」

「なんてことなんだ」

「浅倉君、『Xの会』の背後にいる人物は関口渉だという心証を得られたのか？」

立花が問いかけてきた。浅倉は、『豊栄商事』の社長がダミーの黒幕にされた疑いもあることを話した。

「運転免許本部に提供してもらった関口渉の顔写真は三年近く前に撮影されたものだから、少し印象が変わってるかもしれないな」

「そうですね。しかし、眉《まゆ》が太くて、どんぐり眼《まなこ》という特徴があります。気づかないはずはないでしょう」

「そうだね」

「宮内と蓮見は、そちらで待機させますんで……」

「わかった。関口を揺さぶって、なんとか背後関係を吐かせてくれないか。人質の命がかかってるんだ。違法捜査にも目をつぶるから、よろしく頼むよ」

通話が終わった。

浅倉は班長から聞いた話を巨漢刑事に伝えた。

「個人的には合法カジノができないほうがいいと考えてたけど、首相の姪まで拉致したのは許せないっすよ。岡部みすずにはなんの罪もないっすからね」

「おまえの憤《いきどお》りはよくわかるよ。関口がオフィスに現われたら、反則技で追い込もう。警察手帳をちらつかせても、関口はシラを切りつづけるだろう。よく使う手だが、おれたちは恐喝屋《きようかつ》に化けようや」

「おれはオッケーっすよ」

乾が、にっと笑った。

黒塗りのマセラティが『豊栄商事』の持ちビルの地下駐車場に潜《もぐ》ったのは、午後五時数分過ぎだった。浅倉は乾と顔を見合わせた。高級イタリア車を運転していたのは、間違いなく関口渉だった。

浅倉はグローブボックスを開け、テイザーガンと電子麻酔拳銃を摑《つか》み出した。テイザーガンを乾に渡し、自分はベルトの下に電子麻酔拳銃を差し込む。

浅倉たちはサングラスで目許《めもと》を隠してから、車の外に出た。ガードレールを跨《また》ぎ、『豊栄商事』の持ちビルに急ぐ。

八階建てで、エントランスロビーは割に広い。幸いなことに、受付嬢はいなかった。プレートを見ると、社長室は八階にあった。

浅倉たちはエレベーターに乗り込み、最上階に上がった。社長室からテレビの音声が洩れてくる。どうやら関口はニュースを観《み》ているようだ。

乾が先に社長室に躍《おど》り込み、ソファに坐って大型テレビに目を向けていた関口の胸板にテイザーガンの電極針を沈めた。引き金は絞られつづけている。

関口が呻《うめ》きながら、ソファから転げ落ちた。

浅倉は社長室のドアの内錠を掛け、テレビの音量を高めた。関口の呻きや唸《うな》り声は掻《か》き消された。

乾が引き金から指を外した。

関口はひとしきり床を転げ回ったが、上体を起こした。

「いきなり何なんだっ」

「大声を出すと、また高圧電流を送るぞ」

「わかった。おとなしくしてるから、もう苦しめないでくれ。用件を聞こうじゃないか」

「おれの質問に答えるんだ。あんた、棚橋周平って男の口座に三百万円を振り込んだな？」

浅倉は言った。関口は黙《もく》したままだった。

「それは、北原健斗という元やくざが国会議員の横溝将司を始末した成功報酬の着手金だった。残りの千二百万円は、北原の姉の千春の口座に振り込むことになってた」

「なんのことなのか、さっぱりわからないな。誰かと人違いされたんだろう」

「時間稼《かせ》ぎをしても、無駄になるだけだぜ」

浅倉は乾に合図した。

乾がふたたびテイザーガンを使った。関口が動物じみた唸り声を発しながら、のたうち回りはじめた。コーヒーテーブルが倒れそうになった。

乾が頃合を計って、テイザーガンを下げた。長いこと高圧電流を体内に送られた関口は、ぐったりとしていた。胸が大きく上下している。すぐには喋《しゃべ》れないだろう。

「三百万円を振り込んだことは認めるな？」

「それは……」

「はっきり言え！」

「み、認めるよ」

「誰に頼まれたんだ？」

「『グロリア機工』の新堀《しんぼり》勇《いさむ》会長だよ」

「その会社はパチンコ関連企業なんだな？」

浅倉は確かめた。

「そうだよ。『グロリア機工』はパチンコ機やスロットマシンの製造会社で、業界では最大手なんだ。新堀会長はカジノ解禁が実現したら、パチンコ業界は大打撃を受けるから、何がなんでも……」

「カジノ解禁法案成立が面白くなくて『Xの会』が実在するように見せかけ、推進派だった議員や官僚を元自衛官や傭兵崩れに始末させたんだろう？　さらに、北原に推進派の旗振りを演じた横溝議員を刺殺させたんだな？」

「そうだよ。新堀さんは最終的には岡部首相と全大臣を抹殺する気でいるんだ。そうする前に首相の姪を人質に取って、カジノ解禁法案の成立を詫《わ》びさせたいと言ってた。北原という元やくざは、『グロリア機工』の八王子《はちおうじ》工場で一時期、派遣作業員をしてたらしい。新堀さんは捜査当局を混乱させたくて、北原に横溝議員を殺《や》らせたみたいだね」

「あんたは新堀に検挙歴があることを知られて、一連の事件のダミー首謀者を演じさせられたんじゃないのか？」

「傷害のことなんか、たいしたことじゃない。わたしは、別の弱みを知られてしまったんだよ」

「どんな弱みを知られたんだ？　喋らなきゃ、また相棒にテイザーガンを使わせるぞ」

「もうやめてくれよ。わたしはライバルのパチンコ店の店長たちを抱き込んで、大当たりがめったに出ないようにコンピュータ回路をいじらせたんだ」

「つまり、ライバル店の営業を妨害したわけだな。その数はどのくらいなんだ？」

「首都圏で約三千店だね。わたしのチェーン店は飛躍的に集客率が高くなったよ。ダーテイーな手を使ったことを業界の者たちに知られたら、廃業に追い込まれるだろう。それだから、新堀さんの言いなりになるほかなかったんだ」

「『グロリア機工』の本社はどこにあるんだい？」

乾が関口に訊《たず》ねた。

「本社は四谷にあって、工場は八王子、前橋《まえばし》、藤沢《ふじさわ》にある。でも、新堀さんは副業の格闘技ビジネスに熱心だから、赤坂の『サンライズ・プランニング』に詰めてることが多いんだ」

「新堀勇は、間弓彦って名で興行プロモートもしてるんじゃないのか？」

浅倉は部下よりも先に口を開いた。

「よく知ってるね⁉　おたくら、捜査関係者じゃないの？」

「おれたち二人は恐喝屋だよ。あんたをダシにした大悪人を突きとめ、巨額の口止め料をせしめる気さ。でも、あんたから銭を毟《むし》ったりしないよ。その代わり、おれたちに協力してくれ」

「何か知りたいことがあるようだな」

「間弓彦こと新堀勇は、去年、格闘技の八百長試合を仕組んで賭《か》けの胴元になったんじゃないのか。え？」

「そこまで調べてたのか。驚いたな。その通りだよ。確証はないんだが、新堀さんは日本人選手が勝つと各界の有力者に事前に情報を流して賭けに参加させて、だいぶ儲《もう》けさせてやったみたいだよ。おいしい思いをした連中の中には、現閣僚も混じってたようだ。それなのに、官邸はカジノ解禁法案を成立させた。新堀さんにしてみれば、裏切られたと思うよね。そんな怒りもあって、合法カジノを絶対に作らせないと……」

「去年の十一月に神崎陽一というフリージャーナリストが四谷の裏通りで撲殺されたんだが、新堀はその事件に関わってるんじゃないのか？」

「そのジャーナリストは、八百長試合に現職大臣が賭けてることを嗅《か》ぎ当てたようだね。新堀さんは不安顔でそう洩らしてたから、北原あたりに始末させたのかもしれないな」

「北原に神崎を始末させた？」

「新堀さんは何回かに分けて北原に一億程度はくれてやらなきゃ、後で面倒なことになりそうだと呟《つぶや》いたことがあるんだ。ひとりの殺し代としては高すぎるよね？」

「二人分で一億程度の成功報酬か。そのほうがリアリティーがあるな。ところで、港区内に新堀はプライベートハウスを持ってるんじゃないのか？」

「プライベートハウスのことは知らないが、芝浦《しばうら》四丁目に『グロリア機工』の倉庫があるよ。海岸《かいがん》通りの近くだったな。新堀さんは納入先から回収した中古スロットマシンを東南アジア諸国に安く売ってるんだ。しっかりしてるよ。中古スロットマシンが堆《うずたか》く積み上げられてるはずだ」

関口が中腰になって、ソファに腰かけた。

浅倉は無言で電子麻酔拳銃の引き金を絞った。弾は、関口の腹部に命中した。関口は腹を押さえながら、ソファから転げ落ちた。一分ほど経《た》つと、昏睡《こんすい》状態に陥《おちい》った。

「乾、引き揚《あ》げよう」

浅倉は先に社長室を出た。すぐに乾が追ってくる。二人は一階に降り、スカイラインに乗り込んだ。

乾が慌《あわ》ただしく車を走らせはじめた。

「赤坂の『サンライズ・プランニング』に向かえばいいんすね？」

「いや、先に芝浦四丁目の『グロリア機工』の倉庫を探そう。そこに岡部みすずが監禁されてるかもしれないからな」

「そうっすね」

「乾、急いでくれ」

浅倉は屋根《ルーフ》に赤色灯を載《の》せてから、立花に連絡をした。電話はすぐに繋がった。

「岡部みすずの監禁場所の見当がつきました。宮内・蓮見班をただちに芝浦四丁目に向かわせてください。海岸通りの近くに『グロリア機工』の倉庫があると思います。おそらく首相の姪は、その倉庫に閉じ込められてるんでしょう」

「『グロリア機工』というのは、いったいどういう会社なんだね？」

「パチンコ機やスロットマシンを製造してる会社です。興行プロモーターの間弓彦の本名は新堀勇で、その会社の会長でした。一連の事件の黒幕は新堀なんでしょう。新堀は、北原健斗に神崎を撲殺させた疑いがあります。橋爪刑事部長にお願いして、世田谷署に機捜《きそう》を行かせてください」

「浅倉君、もう少し詳しく話してくれないか」

　立花班長が言った。浅倉は順序だてて説明した。

「よくわかったよ。宮内君たちをすぐ芝浦に行かせる。浅倉君、倉庫内で元自衛隊員や傭兵崩れが人質を見張ってるにちがいない。きみらも充分に気をつけてくれ」

「はい」

「要請があれば、別働隊に出動してもらうよ。健闘を祈る」

　立花が通話を切り上げた。

　浅倉は刑事用携帯電話《ポリスモード》を所定の場所に戻した。スカイラインは一般車輛を次々に追い抜いている。しかし、やや道路は渋滞していた。もどかしかった。

「リーダー、秘密射撃場に寄ってハンドガンを携行するっすか？」

「テイザーガンと電子麻酔拳銃だけで応戦できるだろう」

「そうっすね。射撃の名手も駆けつけるだろうから、なんとかなるでしょう」

「乾、ビビってるのか？　なら、おれの後ろから倉庫に入るんだな」

「怒るっすよ。おれは元暴力団係刑事《マルボウ》だったんす。ドンパチになっても、へっちゃらすよ」

「それなら、おれの楯《たて》になってもらおう」

「マジっすか⁉ 冗談っすよね？」

乾が真顔で言った。からかいが過ぎたか。浅倉は小さく笑った。

目的の倉庫を探し当てたのは、およそ三十分後だった。倉庫の近くに、エルグランドが見える。宮内・蓮見ペアはすでに突入したようだ。

浅倉はスカイラインが停止すると、すぐさま車から飛び出した。電子麻酔拳銃を手にして、倉庫に走る。

潜《くぐ》り戸は施錠《せじょう》されていない。浅倉は庫内に躍《おど》り込んだ。両側に中古のスロットマシンが積み上げられていた。

通路の中ほどで、二十一、二歳の娘がしゃがみ込んで泣いている。首相の姪だろう。玲奈が泣きじゃくっている女性の肩を抱き、何か言っている。縛《いまし》めは解《ほど》かれていた。

「人質の岡部みすずさんを保護したんだな？」

浅倉は玲奈に声をかけた。

「はい。無傷でした。見張りの二人の男は、宮内さんが電子麻酔拳銃で眠らせました」

「どこにいる？」

「左側の奥です」

　玲奈が指さす。いつの間にか、乾が浅倉の背後に立っていた。

　浅倉たち二人は奥に向かった。二十代後半と思える男がコンクリートの床に倒れている。どちらも体軀《たいく》は逞《たくま》しい。

「この二人は格闘家の卵のようです。どっちもコマンドナイフを振り回したんで、電子麻酔拳銃で眠らせたんですよ」

　宮内が浅倉に報告した。

「この二人が岡部みすずを拉致したんだな？」

「はい。間弓彦、いいえ、新堀勇の指示で首相の姪を拉致したそうです。片方の男が意識を失う前に白状したんですよ」

「こいつらのほかには誰もいなかったのか？」

「ええ、いませんでした。班長から一連の事件の首謀者は間と自称してた『グロリア機工』の会長と思われると聞いて、びっくりしましたよ。神崎陽一を北原健斗に撲殺させたのも、いつも両手に布手袋を嵌めてた興行プロモーターに間違いないんでしょうね」

「ああ、多分な。捜査本部の調べに手抜かりがあったかもしれないと、うちのチームも自称間弓彦をチェックしたのに、とんだ遠回りをさせられた。癪《しゃく》だな」

「でも、真犯人《ホンボシ》にたどり着けそうなんですから、上出来でしょ？」

「そう思うことにするか」

浅倉は微苦笑した。

ちょうどそのとき、立花班長から浅倉に電話があった。

「初動班の者たちが世田谷署に行ったら、北原は『グロリア機工』の新堀会長に頼まれて神崎陽一を金属バットで撲殺したことも自白したそうだ」

「そうですか」

「別働隊を芝浦の倉庫に急行させるから、きみと乾君は赤坂の『サンライズ・プランニング』に行って、黒幕の逃亡を防いでくれないか」

「わかりました」

浅倉は宮内に班長の指示を伝え、乾を目で促した。二人は出入口に向かって走りはじめた。

コンビは先を急いだ。『サンライズ・プランニング』に新堀はいなかった。浅倉たちは四谷の『グロリア機工』の本社に回った。

やはり、結果は同じだった。浅倉たちは、代官山《だいかんやま》にある新堀の自宅に向かった。そこにも、新堀はいなかった。妻は夫の居所《いどころ》を知らなかった。

新堀勇は殺人及び監禁教唆容疑で逮捕されることを予感し、逃亡を図《はか》ったようだ。どこに逃げたのか。浅倉は天を仰《あお》ぎ、歯噛みした。

三日後の夜明け前である。

浅倉は、三人の部下たちと警視庁航空隊の大型ヘリコプターに乗り込んでいた。全員、ボディー・アーマーを装着して武装していた。

機は、伊豆《いず》諸島の神津島《こうづしま》の数キロ手前を飛行中だった。高度は五、六百メートルだろうか。

若月副総監の許可は得ていたが、公式なフライトではなかった。武装捜査班の四人が神津島に向かっていることは、ごく限られた人間しか知らない。

新堀勇が二人のボディーガードを伴って神津島の東側に位置する多幸湾《たこう》近くの友人の別荘に潜伏しているという情報を得たのは、前夜の十一時半過ぎだった。別働隊と武装捜査班が駆けずり回って入手した有力情報だ。

別働隊の調べで、ボディーガードたちの身許も判明した。

ひとりは元陸上自衛隊レンジャー隊教官の二階堂望《にかいどうのぞむ》、四十一歳だ。もうひとりは元海上保安官で、フランス陸軍外人部隊の傭兵だった長友耕太《ながともこうた》である。満三十七歳になって間《ま》がない。二階堂と長友がカジノ解禁法案推進派だった国会議員とキャリア官僚を殺害したと思われる。

岡部首相の姪を拉致監禁した二人の格闘家の卵はすでに留置され、罪を全面的に認めていた。どちらも、自称間弓彦と新堀勇が同一人であることを知らなかった。

大型ヘリコプターが徐々に高度を下げはじめた。

浅倉は窓から眼下を見下ろした。まだ薄暗かったが、前方右手に島影が見える。神津島だ。緊張感が高まる。

かたわらに坐った宮内だけではなく、後ろの席の乾と玲奈も口数が少なくなっていた。新堀のボディーガードたちと銃撃戦を繰り広げることになるかもしれない。三人の部下も気持ちを引き締めているのだろう。

やがて、機は島の南端にある神津島空港に舞い降りた。

浅倉たちは操縦士と副操縦士を犒《ねぎら》って、タラップを下《くだ》った。空港の前には、駐在所が手配してくれた灰色のエスティマが用意されていた。レンタカーだ。警察車輌を使うと、新堀たちに逃げられる恐れがあった。

浅倉たちはエスティマに乗り込んだ。

新堀の友人が所有する別荘は、秩父山《ちちぶやま》の麓《ふもと》にある。空港から六キロほどしか離れていない。チームメンバーは、グーグルの航空写真で別荘の周辺の様子を下調べ済みだった。別荘は自然林に囲まれ、近くに民家はなかった。たとえ銃撃戦になっても、住民が流れ弾《だま》に当たる心配はないだろう。

乾の運転で、新堀たちが潜伏していると思われる別荘に向かう。浅倉は助手席で、部下たちに念を押した。

「離陸する前に打ち合わせしたように、まずは非致死性手榴弾《スタン・グレネード》による制圧を試みる。いいな?」

「それで、制圧できるっすかね。スタン・グレネードを建物の中に投げ込めば、派手な閃《せん》光《こう》が走って大音響が轟《とどろ》く。平衡《へいこう》感覚が失われるから、普通の人間はたちまち抵抗する意思を奪われる。けど、二階堂と長友は特殊な訓練を受けてるわけっすから……」

「乾が言わんとしてることはわかるよ。新堀はともかく、二階堂と長友は制圧できないだろうってことだろう?」

「ええ、おそらくね」

「二人のボディーガードが発砲してきたら、おれと宮内が消音器を装着させたUSソーコム・ピストルで反撃する。おまえと蓮見は掩護《えんご》射撃してくれるだけでいいよ」

「わかったす」

「乾君、二階堂と長友は特殊訓練を受けてるが、恐れるような敵じゃないよ。こっちは四人もいて、それぞれ武装してるんだ」

宮内が言った。

「別におれ、ビビってるわけじゃないっすよ。射撃術が上級じゃないんで、反撃時にうまく標的の脚《あし》か腕を狙えるかなって不安になってきただけっす。相手が凶悪犯でも撃ち殺すことになったら、後味が悪いと思ったんすよ」

「おれと宮内が反撃するから、おまえと蓮見は新堀の逃亡を阻止してくれればいいんだ」

浅倉は巨漢刑事を力づけた。

それから間もなく、乾がレンタカーを停めた。新堀の友人の別荘の手前だった。すぐにライトが消され、エンジンも切られる。

四人は静かにエスティマを降り、中腰で別荘に近づいた。わずかに明るくなっていたが、まだ東の空は薄墨色《うすずみ》だ。

別荘は二階建てで、大きかった。間取りは6LDKぐらいか。玄関灯だけが点《つ》いていた。敷地は柵《さく》で囲まれているが、溶岩を積み上げた門柱があるだけだ。扉はない。

浅倉たちはひとりずつ敷地に忍び込み、家屋を取り囲んだ。浅倉はテラスに近づいた。

すると、急に二階の窓が細く開けられた。口髭《くちひげ》を生やした二階堂が手榴弾《しゆりゆうだん》を投げつけてきた。浅倉は横に転がった。

オレンジ色を帯びた赤い閃光《せんこう》が拡《ひろ》がり、土塊《つちくれ》が舞い上がった。ポーチの前にいた宮内が駆け寄ってきた。

そのとき、一階のサッシ戸が開けられた。黒いニット帽を被《かぶ》った男がテラスに出てきた。長友だ。レミントンのボルトスナイパーを構えていた。銃口は宮内に向けられている。

「伏せろ！」

浅倉は宮内に命じ、寝撃《プローン・ポジション》ちの姿勢でUSソーコム・ピストルの引き金を絞った。放った銃弾は、テラスの手摺《てすり》に埋まった。

長友が浅倉に銃口を向けてくる。浅倉は丸太のように西洋芝の上を転がった。狙撃銃の弾丸は土の中にめり込んだ。

宮内が膝撃ちの姿勢になった。いわゆるニーリング・ポジションだ。USソーコム・ピストルがかすかな発射音をたてた。圧縮空気が洩れるような音だった。

長友が短く呻いて、テラスに倒れ込んだ。左の太腿《ふともも》に被弾したようだ。狙撃銃を握ったままだった。

浅倉は敏捷《びんしょう》に起き上がった。

次の瞬間、また二階の窓から手榴弾が放たれた。狙われたのは宮内だった。

宮内が横にダイブをする。それを見届けると、浅倉は一気にテラスに駆け寄った。

長友が半身を起こし、狙撃銃を構えた。浅倉は先に長友の右の肩口を撃った。長友が後方に倒れる。

浅倉はテラスに駆け上がって、長友の脇腹を蹴り込んだ。長友が四肢《しし》を縮める。宮内がテラスに上がってきた。

「長友を確保してくれ」

浅倉は部下に指示し、大広間《サロン》に入った。

照明は灯《とも》っていない。無人だった。

浅倉はサロンから広い玄関ホールに移った。その直後、踊り場に立った二階堂がH《ヘッケラー》&K《コッホ》MP5Kで掃射してきた。

ドイツ製の短機関銃《サブマシンガン》だ。玄関ホールの床と壁が穿《うが》たれた。浅倉は床を這《は》いながら、階段下まで進んだ。下から二階堂の左脚を狙って、USソーコム・ピストルで反撃した。

的《まと》は外さなかった。

二階堂が短機関銃を落とした。サブマシンガンがステップで弾《はず》みながら、玄関ホールに滑《すべ》り落ちてきた。

「くそったれ！」

二階堂がよろけて、階段から転げ落ちた。浅倉はH&KMP5Kを拾い上げ、手早くマガジンを外した。

そのとき、玄関から乾と玲奈が入ってきた。巨漢刑事はグロック32、玲奈はベレッタF5を手にしている。

「新堀は二階の一室に隠れてるのかもしれない。二人で検《しら》べてくれ」

浅倉は乾に命令した。二人の部下がすぐに二階に駆け上がった。

「新堀はどこにいる？」

「教えるかっ」

二階堂がふてぶてしく笑った。

「言えるようにしてやろう」

「何を考えてるんだ⁉」

「すぐにわかるさ」

浅倉は薄く笑って、USソーコム・ピストルで二階堂の右の太腿も撃った。二階堂が歯を剝《む》いて野太《のぶと》く唸った。

「暴発したってことにして、今度は腹を狙うか」

「もう撃つな。撃たねえでくれ」

「そっちと長友が新堀に頼まれて、国会議員たちとキャリア官僚を始末したんだなっ」

「そうだよ。おれは美里町のゴルフ場で四人の議員を仕留めた。長友はレクサスに爆破装置を仕掛けて、合同庁舎2号館に爆薬を載せたドローンを突っ込ませたんだよ」

「殺しの報酬は、ひとりいくらだったんだ？」

「ひとりに付き五百万だが、クライアントは二百人以上の議員を処刑する気だったから、いい稼ぎになると思ったわけだよ」

「ゴルフ場の外周路で目撃された白人の男をスナイパーに見せかけたかったんだろ？」

「そう。ジョージとかいう野郎と民自党本部の駐車場を覗き込んでたカレンは、六本木で遊んでる売れないモデルだよ。新堀さんが誰かに見つけさせたんだ」

「そうかい。新堀は一階のどこかに隠れてるようだな。どこにいるんだ？」

「その質問には答えられねえな」

「歯を喰いしばれ！」

「やめろっ。もう撃つなって。新堀さんは、地下のワイン貯蔵室に隠れてるよ。ハッチはダイニングキッチンにあるんだ」

「やっと素直になったな」

浅倉は銃口を下げた。

数秒後、乾と玲奈が階段を下《くだ》ってきた。

「リーダー、新堀勇は二階のどこにもいなかったっすよ。トイレ、浴室、納戸《なんど》もチェックしたんすけどね」

「新堀は、地下のワイン貯蔵室に潜《ひそ》んでるらしい。ハッチはダイニングキッチンにあるそうだ。蓮見と一緒に黒幕の身柄《ガラ》を確保してくれ」

浅倉は乾に言った。二人の部下が奥のダイニングキッチンに足を向けた。

今夜こそ、芳賀真紀と甘やかな一刻《ひととき》を過ごせそうだ。

浅倉は口許を綻《ほころ》ばせ、拳銃の安全弁を掛けた。

著者注・この作品はフィクションであり、登場する人物および団体名は、実在するものといっさい関係ありません。

本書は、『警視庁特務武装班　錯綜』と題し、二〇一五年一月に徳間文庫から刊行された作品に、著者が大幅に加筆修正したものです。

一〇〇字書評

切り取り線

錯綜

購買動機（新聞、雑誌名を記入するか、あるいは○をつけてください）

□（　　　　　　　　）の広告を見て	
□（　　　　　　　　）の書評を見て	
□ 知人のすすめで	□ タイトルに惹かれて
□ カバーが良かったから	□ 内容が面白そうだから
□ 好きな作家だから	□ 好きな分野の本だから

・最近、最も感銘を受けた作品名をお書き下さい

・あなたのお好きな作家名をお書き下さい

・その他、ご要望がありましたらお書き下さい

住所	〒				
氏名		職業		年齢	
Eメール	※携帯には配信できません	新刊情報等のメール配信を 希望する・しない			

この本の感想を、編集部までお寄せいただけたらありがたく存じます。今後の企画の参考にさせていただきます。Eメールでも結構です。

いただいた「一〇〇字書評」は、新聞・雑誌等に紹介させていただくことがあります。その場合はお礼として特製図書カードを差し上げます。

前ページの原稿用紙に書評をお書きの上、切り取り、左記までお送り下さい。宛先の住所は不要です。

なお、ご記入いただいたお名前、ご住所等は、書評紹介の事前了解、謝礼のお届けのためだけに利用し、そのほかの目的のために利用することはありません。

〒一〇一－八七〇一
祥伝社文庫編集長　坂口芳和
電話　〇三（三二六五）二〇八〇

祥伝社ホームページの「ブックレビュー」からも、書き込めます。
www.shodensha.co.jp/
bookreview